PICCOLA BIBLIOTECA ADELPHI

250

DELLO STESSO AUTORE:

A ciascuno il suo
Alfabeto pirandelliano
Candido
Cronachette
Cruciverba
Dalle parti degli infedeli
Gli zii di Sicilia
I pugnalatori
Il cavaliere e la morte
Il Consiglio d'Egitto
Il contesto
Il giorno della civetta
Il mare colore del vino
L'adorabile Stendhal
L'affaire Moro
L'onorevole - Recitazione della controversia liparitana dedicata ad A. D. - I mafiosi
La corda pazza
La scomparsa di Majorana
La Sicilia, il suo cuore - Favole della dittatura
La strega e il capitano
Le parrocchie di Regalpetra
1912 + 1
Morte dell'inquisitore
Nero su nero
Per un ritratto dello scrittore da giovane
Pirandello e la Sicilia
Porte aperte
Todo modo
Una storia semplice

Leonardo Sciascia

OCCHIO DI CAPRA

ADELPHI EDIZIONI

Prima edizione: agosto 1990
Quinta edizione: giugno 2004

WWW.ADELPHI.IT

ISBN 88-459-0768-6

Ai miei nipoti
Fabrizio, Angela, Michele e Vito:
perché ricordino

OCCHIO DI CAPRA

Ho l'impressione che la mia nascita sia alquanto posteriore alla mia residenza qui. Risiedevo già qui, e poi vi sono nato.

J.L. BORGES

NOTIZIA

«La mia terra è sui fiumi stretta al mare» dice Quasimodo. Parla della Sicilia, ma la sua memoria più viva ne è il mare di Siracusa, la foce dell'Imera, i «pianori d'Acquaviva dove il Platani rotola conchiglie». Ma la mia terra, la mia Sicilia, non ha fiumi; e dal mare è lontana come fosse al centro di un continente. In realtà, come dice un vecchio dizionario geografico, la distanza dal mare africano è di appena sedici miglia: ma lontanissima e stupefatta, di uno stupore che attingeva alla paura, ne era la nozione, negli anni della mia infanzia: dal paese al più vicino luogo di mare – Porto Empedocle – la distanza misurata dal tempo lento dei carretti che partivano, carichi di zolfo, la sera e arrivavano al porto (chiamato semplicemente «la marina») all'alba dell'indomani.

Isola nell'isola, come ogni paese siciliano di mare o di montagna, di desolata pianura o di amena collina, la mia terra, la mia Sicilia, è Racalmuto, in provincia di Agrigento. E si può fare un lungo discorso su questa specie di sistema di isole nell'isola: l'isola-vallo (i tre valli in cui la divisero gli arabi) dentro l'isola Sicilia, l'isola-provincia dentro l'isola-vallo, l'isola-paese dentro l'isola-provincia, l'isola-famiglia dentro l'isola-paese, l'isola-individuo

dentro l'isola-famiglia; un discorso già tracciato da Pirandello, e specialmente nella commemorazione di Verga. Ma fermiamoci all'isola-paese.
A Racalmuto (Rahal-maut, villaggio morto, per gli arabi: e pare gli abbiano dato questo nome perché lo trovarono desolato da una pestilenza) sono nato sessantaquattro anni addietro; e mai me ne sono distaccato, anche se per periodi più o meno lunghi (lunghi non più di tre mesi) ne sono stato lontano. E così profondamente mi pare di conoscerlo, nelle cose e nelle persone, nel suo passato, nel suo modo di essere, nelle sue violenze e nelle sue rassegnazioni, nei suoi silenzi, da poter dire quello che Borges dice di Buenos Aires: «Ho l'impressione che la mia nascita sia alquanto posteriore alla mia residenza qui. Risiedevo già qui, e poi vi sono nato». Mi pare cioè di sapere del paese molto di più di quel che la mia memoria ha registrato e di quel che dalla memoria altrui mi è stato trasmesso: un che di trasognato, di visionario, di cui non soltanto affiora – in sprazzi, in frammenti – quella che nel luogo fu vita vissuta per quel breve ramo genealogico della mia famiglia che mi è dato conoscere (e tutto finisce, nel risalire il tempo, a un Leonardo Sciascia, nonno di mia nonna, che nei primi dell'Ottocento venne a Racalmuto dal vicino paese di Bompensiere per esercitarvi il mestiere di conciatore di pelli), ma anche tutta la storia del paese dagli arabi in poi. Ed ecco un fatto di per sé borgesiano, del Borges di natura e quotidiano: non riesco ad immaginare, a vedere, a senti-

re la vita di questo paese prima che gli arabi vi arrivassero e lo nominassero. Ed è piuttosto facile scoprirne la ragione: la mia residenza qui, quella residenza che di molto precede la nascita, è cominciata con gli arabi, dagli arabi. Del resto, c'è il mio nome: che è tra quelli che Michele Amari registra come arabi, e finiscono con l'esser tanti da contraddire la sua tesi di fondo che la Sicilia sia stata araba ma non, per dirla approssimativamente, arabizzata (e il nome, fino alla metà del secolo scorso, nelle anagrafi parrocchiali, non gratuitamente, ma per esigenza fonetica, veniva così trascritto: Xaxa).

Ho detto che mi pare di conoscere il paese anche nei suoi silenzi. Che non sono quelli della prudenza e dell'omertà. O più esattamente: che non sono soltanto quelli. Chi scelse – tra il Sei e il Settecento, è da presumere – come stemma del Comune (che allora si diceva Università) un uomo nudo che fa il segno del silenzio di fronte a una torre ermetica, e sotto, in latino, la scritta «nel silenzio mi fortificai», forse alludeva al silenzio che prudenza vuole si faccia di fronte al potere, ma non a un silenzio di desistenza, di quiescenza. A un silenzio di preparazione, piuttosto, a un silenzio memore e, sulla realtà effettuale, intelligente. E questa prescrizione del silenzio (facile allora a cavarsi dai *breviari* come quello attribuito al cardinal Mazzarino, dai *ricordi*, dagli *avvertimenti*: e vanno particolarmente segnalati gli *avvertimenti cristiani* del palermitano Argisto Giuffredi, che però non gli valsero a scampare il carcere e a perire, da carcerato, nell'esplosione del Castello a mare), questa prescrizione si è come introvertita, per lungo ordine d'anni, nella gente, in ciascuno; è diventata una qualità, una peculiarità, un elemento distintivo del carattere. Si ama più tacere che parlare. E quasi che i lunghi silenzi davvero servano a fortificare il raro parlare, quando si parla si sa essere precisi, affilati, acuti ed arguti. L'ironia, il paradosso, l'immagine balenante e sferzante in cui si assomma un giudizio, vi sono di casa. Si capisce che oggi il rullo compressore della televisione passa anche su questo, ad ottundere se non addirittura a schiacciare: ma non ricordo conversazione più intelligente e divertente di quella che si svolgeva nelle botteghe artigiane, nei saloni dei barbieri (che erano anche accademie di chitarre e mandolini), nei circoli: i quattro circoli in cui la popolazione maschile trascorreva le serate: degli zolfatari, dei braccianti agricoli, del «mutuo soccorso», dei «galantuomini».

Nel secolo XVII qui nacque «il famoso empio» Diego La Matina (così lo definisce, più di un secolo dopo, il marchese di Villabianca). La sua empietà sarebbe stata meno famosa se si fosse fermata all'essere eretico, non si sa precisamente di quale eresia, e al rifiuto di abiurarla. Ma fra Diego, dell'ordine degli Agostiniani Riformati, fece qualcosa di più: dopo anni di pena, durante un interrogatorio, uccise a colpi di manette monsignor Juan Lopez de Cisneros, inquisitore di Sicilia e nipote del «gran Cisneros» (vedi Eugenio D'Ors, *Epopea della Spagna*). «Nel silenzio mi fortificai»:

pensava forse a lui l'anonimo notabile che escogitò lo stemma del paese?

Il paese tentò di dimenticare l'eretico, l'empio. Ma l'eresia era come una vena sotterranea, nascosta. Non quella di fra Diego, che peraltro ci è ignota (ma possiamo sospettarla, da una sua frase, fondata su un'esigenza di giustizia: in questo mondo come nell'altro), ma la lata eresia della ragionevolezza, della ragione, del vaglio critico, ironico e beffardo, da cui sentimenti, passioni e idee vengono filtrati. Non è un caso che tra i primi libri che io abbia letto, di una biblioteca che ne conteneva un centinaio, siano stati il *Paradosso del commediante* di Diderot, i *Libelli* di Courier, la *Storia della mia vita* di Casanova, *I promessi sposi* con la *Storia della colonna infame*. Ma stringiamoci ai fatti del paese, ad estrarne più concrete eresie. Ed ecco come, davanti alla commissione parlamentare d'inchiesta sulle condizioni sociali ed economiche della Sicilia, nel 1875-76, parlava di Racalmuto il colonnello comandante la zona militare di Girgenti: «Ci sono esempi che dove hanno voluto estirpare il malandrinaggio ci sono riusciti, e ne abbiamo uno bello, lodevole, nel circondario di Girgenti. A Racalmuto ci sono cinque fratelli di cognome Matrona, possidenti di una certa istruzione. Racalmuto era un paese tristissimo dove tutti i giorni succedevano reati di sangue, furti e grassazioni. Questi cinque fratelli si sono messi d'accordo e hanno detto – non vogliamo più questi delitti –; montavano a cavallo armati fino ai denti ed in pochissimo tempo hanno reso quel paese il modello non solo della Sicilia ma del continente. Sulla strada per andare a Canicattì o a Caltanissetta troveranno un bel palazzo dove ci sono scuole, locali per i carabinieri, telegrafo, teatro; insomma hanno fatto di quel paese qualcosa di buono, e sono cinque fratelli che lo hanno voluto...».

Ma non è esatta e non è giusta l'affermazione del colonnello che soltanto per volontà dei cinque fratelli il paese era diventato un modello: la lunga amministrazione dei Matrona era fermamente voluta dalla maggioranza di coloro che votavano. In quanto al bel palazzo di cui parla il colonnello, si tratta di un grande isolato; e comprendeva anche gli uffici municipali e la sala da studio della banda musicale. Intorno a un monastero che era stato delle clarisse, i Matrona avevano accorporato le nuove costruzioni: con sapienza, con armonia. In quelle aule scolastiche che si aprivano intorno a un cortile selciato, io sono stato scolaro e, vent'anni dopo, maestro. E in quel teatro – incantevole di stucchi, ori, velluti, allegorie e luci – ho visto il più bel teatro della mia vita: teatro d'opera e di prosa, dal *Barbiere di Siviglia* al *Così è (se vi pare)*. E più mi incantava il leggere, nei camerini e nell'atrio, le scritte autografe che attori famosi vi avevano lasciato. Ne resta solo una, di Andrea Maggi, in quel 1905 in cui era incomparabile Cirano: «Siete così cari, amici di Racalmuto, che per venire da voi si affronta una bufera di neve come quella di oggi...».

Da un prefetto ingiustamente «dispensato» (non destituito, tenne a precisare il ministro)

sappiamo com'è che anche a Racalmuto si tentò di non cambiare nulla nonostante il tutto che era cambiato (vedi Giuseppe Tomasi, principe di Lampedusa e duca di Palma). Il prefetto si chiamava Enrico Falconcini, e della sua amara esperienza, sull'ingiustizia che lo aveva colpito, fece un libro che pubblicò in Firenze nel 1863. Un capitolo è dedicato ai fatti del 6 settembre 1862 a Racalmuto. Racconta che nel paese c'erano due partiti: quello dei Farrauto, che vestiva «in calzon corto ed in coda», e quello dei Matrona, che «amava indossare la camicia rossa». Quel giorno, il partito dei Farrauto pensò di «profittare dell'abbattimento che dal fatto d'Aspromonte veniva alla parte sua rivale, per correre alle case dei Matrona ed appiccare con questi una volta di più accanita zuffa». Si fanno rientrare in paese i renitenti alla leva, si bruciano gli archivi, si saccheggia la caserma dei carabinieri, si devasta il casino di conversazione, si svaligia il corriere postale e si dà fuoco alla corrispondenza; e si pone assedio alle case dei Matrona, che però validamente si difendono. Due giorni dopo arrivano a Racalmuto truppa, procuratore del re e giudice istruttore: e si arrestano i Matrona. Il prefetto Falconcini interviene energicamente a farli scarcerare: ed è molto probabile che anche questo intervento gli sia stato messo in conto nel provvedimento che lo dispensava dal servizio.
Ed ecco: forse è a questa storia minima che io debbo l'attenzione che ho sempre avuto per la grande.

ALFABETO

ABBRUSCIATU VIVU COMU A CALEDDRU. Bruciato vivo come Caleddru. In senso fisico, per chi muore in un incendio. In senso figurato, per chi è oggetto di maldicenza, di diffamazione. Caleddru era soprannome della famiglia La Matina, ragguardevole per beni sino alla fine del secolo scorso. Il racalmutese Diego La Matina, agostiniano riformato, eretico, uccisore dell'inquisitore spagnolo de Cisneros, bruciato vivo a Palermo nell'*auto da fe* del marzo 1658, si può presumere fosse dei Caleddru. Ma si può anche presumere che il soprannome sia venuto da lui alla famiglia. Caleddru può essere infatti un Caliddru, diminutivo di Calogero, a caricatura pronunciato al modo dei milocchesi, e cioè con la *e* al posto della *i*; ma può anche essere contrazione di «caliateddru»: detto con pietà per chi è stato «caliatu» (tostato, bruciato). Per questa ipotesi vale anche il fatto che una contrada di campagna, alle porte del paese, è chiamata «Caliatu» perché, durante una pestilenza, vi si bruciavano le cataste dei morti.

A BON'È CA SI MORI. E meno male che si muore. Frase pronunciata da uno zolfataro dedito al vino e al gioco di carte (più o meno, tutti gli zolfatari amavano il vino e il gioco d'azzardo; e il mangiar piccante – il castrato coperto di pepe e arrostito sulla brace, il pecorino pepato, il caciocavallo stagionato e duro di scorza: cibi, insomma, che chiamavano vino – e l'andare per serenate, l'appassionarsi alle donne più difficilmente raggiungibili, il far duelli o risse per loro: tutto il contrario dei contadini) che una sera di sabato, sotto Natale, avendo perso il denaro che aveva e «indettandosi» (indebitandosi) su quello che non aveva, tristemente rincasando si sentì piovere addosso, da una finestra rapidamente aperta e richiusa, il copioso contenuto di una «commoda» («commoda», comoda, era un vaso cilindrico di coccio stagnato, alto quanto una sedia, gli orli robustamente slabbrati in modo da potercisi sedere – comodamente – sopra: il vaso, insomma, che la seggetta conteneva). Si dice «a bon'è ca si mori» a commento conclusivo delle proprie o altrui sventure.

A CUDA DI SURCI. A coda di sorcio. Si dice che finiscono a coda di sorcio affari, promesse e sentimenti che apparvero grandi e certi e invece lentamente si riducono fino a svanire. Specialmente lo si dice di quegli amori che ardentemente superano ogni difficoltà, ogni divieto: ed eccoli finire, a coda di sorcio, nella noia.

ADDIMURU. Dal verbo «addimurari», ritardare, questa parola d'intesa tra adulti, a inganno dei bambini. Una madre tediata dai bambini mentre sbriga le faccende di casa, a liberarsene li manda da una parente o da una vicina a chiedere «tanticchia d'addimuru», un poco: quasi fosse un ingrediente da cucina. La parente o vicina capisce che deve trattenerli, e inventare qualcosa che li trattenga. A meno che non abbia per sua parte da fare: e li rimanda alla madre dicendo che di «addimuru» è sprovvista.

AGGIUSTARI. Il pagare gli operai la sera del sabato. Il mettersi al giusto con loro. Ma spesso, nella zolfara, il padrone non era in grado di «aggiustari». O non voleva. Rimandava di una settimana, di due, di una intera invernata, se poteva addurre il pretesto della zolfara allagata o di una galleria chiusa per il grisù. Anche mio padre, impiegato nella zolfara, qualche volta non veniva, a fine mese, «aggiustatu».

AGGRIFFARI. Verbo che esprime sentimento di costrizione, di insofferenza, di tedio verso un'azione da fare: e al solo pensiero di dover farla, ineluttabilmente. Certamente da «griffa», parte metallica del telaio che aggancia due elementi a far sì che dall'uno si trasmetta all'altro movimento. «Aggriffati» si è dunque nell'essere agganciati e costretti a un movimento, a un'azione che non si ha nessuna voglia di fare. Ma non c'entra la pigrizia; il presentimento, piuttosto, che da quell'azione ce ne verrà, di poco momento o prolungato, un danno morale o economico. In italiano c'è la «griffa», ma l'«aggriffare» manca. A Racalmuto, perdutasi la memoria del telaio e di tale sua parte, è rimasto l'«aggriffari» a metafora di ciò che controvoglia e a proprio danno si è costretti a fare. E per esempio: dopo un lungo fidanzamento, il matrimonio supremamente «aggriffa»; ma raramente vi si sfugge.

A LI MUORTI MUORTI UNN'È. Tra i morti dov'è. Tra i tanti morti coi quali, morto, si trova a vagare. Si dice quando si ricorda qualcuno – per un detto, per un fatto – del cui destino nell'aldilà non si è certi, e anzi più probabilità gli si dànno di un'allogazione all'inferno che al purgatorio.
La ripetizione della parola – «a li muorti muorti» – serve a dare il senso della vastità, del numero; e anche dello stato d'animo di chi in mezzo vi si trova: di smarrimento, di sgomento. Perciò, per i vivi, si dice: «a li paisa paisa» per dire di un vagare lontano ed estraneo in chi sa quali paesi e da un paese all'altro: gli emigranti, i venditori ambulanti; e si dice «a li xirbi xirbi», da una selva all'altra, ignote e in cui ci si può smarrire, per il vagare dei cacciatori più infaticabili e per i bambini e i reucci delle fiabe.
Ma riguardo alla sorte delle anime nell'aldilà, sempre commisurata ai meriti o alle colpe che ciascuno attribuisce alla loro vita, tanti sono i gradi e le sfumature. Tutte sono, ge-

nericamente, «bonarmi», buonanime; ma tra le buonanime bisogna distinguere le anime buone (vedi Pirandello: dedica del saggio sull'umorismo all'anima buona di Mattia Pascal), perché di solito tra le buonanime – quando se ne parla – vengono intruppate quelle di parenti e amici, di parenti ed amici di coloro con cui se ne parla: con riserva mentale, se si sa che altro non possono essere che «malarmi», malanime, anime dannate. Le autentiche buonanime sono «armuzzi di lu priatoriu», animucce del purgatorio, quasi tutte; pochissime le «armuzzi di paradisu», essendo il paradiso riservato ai parenti più stretti di ognuno e ai morti bambini particolarmente.

Per i morti, insomma, al solo mentovarli, è d'obbligo situarli nell'aldilà: inferno, purgatorio, paradiso. Ma quelli che portano soltanto il gravame di un'offesa, di uno sgarbo, di una disattenzione nei nostri riguardi, ecco starsene «a li muorti muorti», non sapendo se Dio di quell'offesa, di quello sgarbo, di quella disattenzione, ha saputo tener conto.

In quanto alle animucce del purgatorio, è da aggiungere che a loro è dedicato un culto totalitario, a beneficio di tutte, ma anche particolare, nominativo: ad accelerarne il trasferimento in paradiso. Preghiere, messe, offerte, opere di carità. Chi se ne dimentica, le animucce si presentano nei sogni: mute, turbate nel volto, accennanti a oggetti che son simboli della loro protratta sofferenza. Chi invece ne è memore, qualche volta ne ha premio coi numeri del lotto. Ma si incorre di solito nell'errore di non giocarli per tutte le ruote e di non giocarli assiduamente, una settimana dopo l'altra: sicché si scopre o che i numeri erano buoni per la ruota di Bari e non per quella di Palermo o che per quella di Palermo valevano a distanza di un mese o di un anno.

A LI PIEDI DI LU CAVADDRU. Ai piedi del cavallo. Disarcionato e alla mercé dell'animale (che nel mondo contadino che io conobbi non era animale amato: più delicato del mulo e di minor rendimento, bizzoso, imprevedibile, micidialmente vendicativo, capace di fughe da una contrada a un'altra, da un paese a un altro). Si dice di chi è caduto da una condizione di potere, di ricchezza, di buona salute; e con una punta di compiacimento se nella condizione di prima la persona stava con sicurezza, con godimento, con albagia. Ma si dice anche, come ammonizione, a chi non vuole smettere a sé dannosa abitudine o vizio: «tannu la finisci, ca ti truovi a li piedi di lu cavaddru», allora la finirai, che ti troverai ai piedi del cavallo. Senza rimedio: ad aspettare il colpo dello zoccolo.

ALLAMMICU. Lambicco. Ma del lento gocciolare del lambicco è rimasta soltanto la metafora che esprime condizione e sentimento di disagio, di angustia, di pena. Si «allammica», e ci dà «allammicu», una luce avara e vacillante; una rendita che si assottiglia; una provvista che sta per finire. «Allammicu» e «allammicari» e «allammicarisi» rappresentano sempre, insomma, una situazione oggettiva di cosa che sta per finire e lo stato d'animo di chi se ne appena, di chi ne soffre: e così di un amore quando, dei due, uno dà segni di mutato sentimento e si allontana, e l'altro ne ha – resa più acuta da qualche guizzo di speranza – lenta e persistente sofferenza.

AMMARGIARISI. «Margiu» è la palude, «ammargiarisi» il bere tanta acqua da fare del proprio corpo, metaforicamente, palude. Ammonimento al bambino che chiede continuamente da bere: «bada che ti ammargi». Si era poveri anche d'acqua. E ora poverissimi.

AMMATULA TI SPICCI E FA' CANNOLA / CA LU SANTU È DI MARMARU E NUN SUDA. Inutilmente ti pettini e ti arricci (cannola = buccoli) / poiché il santo è di marmo e non suda. È – tutta in due versi – una canzone di sdegno, cantata cioè a disdegno di una donna prima amata. Si poteva, fino a vent'anni fa, sentirla nella campagna solitaria, di sera: gridata più che cantata. Ma più spesso la si diceva a modo di proverbio, di sentenza: a figurare una situazione in cui, a chi vuol tornare all'amore, all'amicizia, alla fiducia di prima, si oppone gelida indifferenza. Si noti anche come nel nominare la materia di cui è fatta la statua del santo venga ad affermarsi scettico pregiudizio nei riguardi dei miracoli: il marmo che non suda, che non può sudare; da non credere, dunque, ai tanti conclamati prodigi di simulacri che sudano, che lacrimano, che sanguinano. Nell'ordine di un tale materialismo è il mimo del contadino che sradica un pero che non dà frutto e lo vende a uno scultore che ne cava la statua di un santo; sicché quando il contadino va in chiesa e la vede sull'altare, intorno i fedeli in preghiera, sa dell'inutilità di pregarlo: «Piru ca mai a lu munnu ha' fattu pira / pira 'un ha' fattu e mraculi vo' fari?» (pero che mai al mondo hai fatto pere / pere non hai fatto e miracoli vuoi fare?).

ANTIFICU. Identico. E appunto sembra maciullazione e rimpasto di identico (e non sono poche le parole italiane maciullate e rimpastate): ed è invece parola antichissima, oggi quasi scomparsa. La si sente ancora da vecchie contadine, quando scoprono somiglianze e vogliono evitare la più cruda espressione di «scurciatu», scorticato. Si dice «scurciatu so' pa'» o «so' ma'» o «so' nannu» (suo padre o sua madre o suo nonno) di una persona che somiglia ad altra, più anziana, della famiglia: quasi il più anziano fosse stato, come san Bartolomeo, scorticato, e il più giovane si fosse di quella pelle vestito. «Antificu» (sempre esclamativo di stupore, di meraviglia) è sostituzione, che vuole essere ed è elegante, di quella espressione: e perciò più dalle donne che dagli uomini usata.

Le somiglianze fisiche tra persone della stessa famiglia, e anche nell'ambito di lontane parentele, sono considerate di grande importanza: elemento – oltre che, dentro la famiglia, di certezza della consanguineità e di speranza di sopravvivenza – di conoscenza e di giudizio per gli estranei. Antonio Castelli, *Gli ombelichi tenui*: «Nella comunità alla quale apparteniamo, nel paese dove nasciamo, risiede la nostra nozione del colore; e la nostra misura d'uomo è regolata su un ordine bioetnico delle somiglianze. Sono l'assoluto fisiognomico e l'assoluto cromatico, calati nel crogiuolo della terra natia, a modulare il nostro consistere».

A PEDI D'AGNIEDDRU. A piede di agnello. Si dice del naso alla francese. Quando il taglio è più all'in su accentuato, è come un segno distintivo, caratteriale; un sigma: e la persona che lo porta è detta, quasi per soprannome, per *ingiuria*, «naschitanu» (da «nasca», naso spregiativamente). I «naschitani» sono considerati di carattere indipendente, permaloso e pungente; «rispustera», rispostieri: e cioè che hanno sempre pronta e acuminata risposta a qualsiasi giudizio che, sia pure vagamente, per allusione o per creduta allusione, li offenda.

ARRIFRISCATI L'ARMUZZI DI LU PRIATORIU. Rinfrescate le animucce del purgatorio. Preceduto dall'avvertenza «lu santu vennirì», il santo venerdì, era il grido dei mendicanti davanti ad ogni porta: il venerdì appunto. Il grido aveva da ciascuno toni e volumi diversi: e i più apprezzati, e che inclinavano alla elargizione di uno o due soldi, erano quelli di moderata lamentosità e di discreto volume. Troppo lamentosi o ingiuntivi, provocavano irritata negazione. Nonostante il precetto «fa' la carità e nun taliari a cu la fa'», fai la carità senza guardare a chi la fai, si badava molto all'aspetto e al comportamento della persona che in nome delle anime purganti la domandava: che avesse figura dimessa e voce sommessa, che non fosse insistente, che avesse una certa dignità. E tutto per un soldo. Preferite erano perciò certe vecchine: alla cui morte si accompagnava la favola di favolosi gruzzoli nascosti sotto il materasso. In quanto ai mendicanti maschi che non fossero di estrema decrepitezza, si riteneva pregiudizialmente che le elemosine finissero con l'incrementare la loro vocazione al vino.

ARRUBBARI UN ANNU A LU RE. Rubare un anno al re. Si diceva quando un bambino nato negli ultimi giorni di dicembre veniva denunciato all'ufficio di stato civile come nato nei primi del nuovo anno: sicché sarebbe andato alla leva militare con un anno di ritardo. Scomparso il re, è scomparsa l'espressione. Ma non la pratica, forse: anche se il servizio di leva non è ormai considerato come la più puntuale sciagura che toccasse a un uomo, a una famiglia. Ma d'altra parte l'essere rifiutati alla leva, l'essere «riformati», costituiva pregiudizio: era difficile che un «riformato», a meno che non fosse un possidente, trovasse moglie.

ARSU. Bruciato. Ma è anche l'asso delle carte da gioco. «Cu havi assa', havi arsu», chi ha di più ha l'asso: nel gioco della vita, di fronte alla morte. E non nella manica, da tirar fuori destramente per vincere: ma da perdenti sempre.
Il Pasqualino (*Vocabolario siciliano*, 1795) registra soltanto la voce «assu»: «nome di un solo segno». Che è anche il significato di «arsu», se un giocatore, cui una volta ho domandato perché «arsu», mi ha risposto: perché è solo. Arso di solitudine, dunque. E un riverbero della solitudine dell'«arsu» è forse da cogliere, ma appena, nella novella di Pirandello *Lontano*: in cui il protagonista, un marinaio scandinavo di nome Lars, per una serie di circostanze resta per sempre a Porto Empedocle; e il suo nome diventa soprannome, «L'Arso»: appunto pensando, la gente, alla carta da gioco. E Lars è veramente arso: di solitudine, di nostalgia.
È ancora da dire che un indovinello popolare sulle carte da gioco – in italiano, ma evidentemente elucubrato a Racalmuto o in un paese vicino – così comincia: «Arso, signori miei, son dalla sete»; il che vuol dire che anche l'italianeggiante verseggiatore era convinto che l'asso fosse «arso» pure in italiano. Nel *Diario* di Renard l'asso è pure immagine di solitudine estrema: «Il suo cuore era dere-

litto, era abbandonato, era isolato, era più solitario di un asso di cuori nel bel centro di una carta da gioco»; e può darsi gli sia venuta dal mondo contadino che egli così bene conosceva e che non poche rispondenze ha con quello che io ho conosciuto.

ARTI DI PINNA. L'arte della penna, lo scrivere. Tra tutte le arti, quella considerata supremamente difficile. «Ci voli arti di pinna», per dire della difficoltà a raccontare un fatto, ad esporre una situazione particolarmente disagiata e dolorosa, complicata, contraddittoria: il che, in effetti, è quel che gli scrittori siciliani si sono adoperati a fare. Per converso, si dice «e chi ci voli, arti di pinna?», e che ci vuole, arte di penna?, per un qualche lavoro che sembra difficoltoso e si può invece, a giudizio di chi non è tenuto a farlo, facilmente fare.

A SAN GIUSTU CH'ERA GIUSTU CI MANCAVA UN JTU. A san Giusto ch'era giusto mancava un dito. Giocata sul giusto fisico – proporzione, armonia, simmetria – e sul giusto morale e ideale, questa sentenza corona ogni discorso sulla giustizia. Che non esiste, che non esistono uomini giusti. E tantomeno tra i giudici.

A SICCU A SICCU. Ma forse è meglio trascrivere in una sola parola: «assiccassiccu». Intensamente più che seccamente: e soltanto come modo del guardare. Di un guardare così intenso, così attento e a volte così minaccioso, che le cose intorno all'oggetto o alla persona guardata ne sono come prosciugate, abolite, annientate. Gli asparagi di campo si trovano guardando «assiccassiccu» tra le tante erbe in cui si confondono. E così, quando la si incontra tra tante, la persona che ci deve qualcosa e che nega e ci rinnega: affinché si senta come isolata, senza che nulla di ciò che la circonda possa soccorrerla, colpita dal nostro sguardo come da una freccia.

ASSA' È, ZI TA. Troppo è, zio Gaetano. Il grido che si levava dalla platea quando il puparo (Gaetano Catalano detto Bamminu, bambino: ed è da osservare che la parola «bamminu» si riferisce soltanto al bambino Gesù; i bambini sono o «addrievi» se piccolissimi, in allevamento, o «carusi») esagerava nel numero degli infedeli uccisi da Orlando e Rinaldo, o nelle dimensioni dei mostri che i paladini affrontavano, o si abbandonava ad iperboli sulla forza degli eroi. Il grido suscitava il risentimento del puparo, con pittoreschi insulti al pubblico. Ma si arrivava infine a una transazione. Evidentemente, il pubblico esigeva anche dall'opera dei pupi, dalle leggende dei Reali di Francia, un certo realismo, una certa verosimiglianza. Ma scomparsa l'opera dei pupi, la frase è rimasta a contestare esagerazioni e ad esprimere incredulità.

ASSA L'ARMA! Questa espressione pone un problema di ardua soluzione. Poiché viene detta o nella fatica, nell'affanno, come maledizione a chi di tanta fatica e di tanto affanno è causa; o, ugualmente come maledizione, ma anche, con lo stupore di chi tanto non si aspetta dall'umana malvagità, nel sentire raccontare di prepotenze e di strazi, immediatamente si pensa voglia dire «che arda l'anima sua nel fuoco dell'inferno». Ma perché «assa» e non «arsa»? Per attenuare l'imprecazione e renderla meno malefica o perché effettualmente si vuol dire altro? Altro di non molto diverso, se invece che «arsa» intendiamo «lassa»: o nel senso antico della belva stancata con l'inseguirla; o in quello che il Pasqualino registra come «sciolto di coscienza, e che si allontana dalla comune credenza, dissolutus» e dunque destinato all'inferno. Senso, quest'ultimo, che trova eco nei «relapsi» o «relassi» dell'Inquisizione.

ASSATANASSATU. Assatanassato, preso da Satana, in cui Satana si è incorporato. Si dice dei perfidi e dei bestemmiatori; ma anche, con irritata tenerezza, di un bambino che frequentemente domanda da bere: «ma chi è assatanassatu?», ma che è assatanassato? Bruciato dentro, cioè, dal fuoco infernale; e perciò il bisogno d'acqua ad estinguerlo.

ASTURA. Come «asture» nell'antico francese (Montaigne): a quest'ora. Ma la parola richiede una nota per quando viene pronunciata sola, sospensivamente ed esclamativamente. È allora che maliziosamente si carica, come in certe pagine di Brancati, di immagini goderecce ed erotiche. Per esempio: se un amico si è appena sposato o si sa che sta correndo un'avventura amorosa, basta che tra gli amici rimasti alle solite abitudini, ai soliti incontri al circolo, qualcuno aggiunga al suo nome l'esclamazione «astura!» perché le fantasie erotiche si scatenino fino al parossismo: quasi che l'assente altro non possa fare, ad ogni ora, ad ogni minuto, inesauribilmente, che quello che loro immaginano.

A TIA M'ARRACCUMANNU LAMPIUNI / QUANNU PASSU DI CCA LUSTRU M'HA' FARI. A te mi raccomando lampione / quando passo di qua luce devi farmi. Affinché l'amata, che attende alla finestra, mi veda.
Uno di quei distici d'amore cantati su note sempre uguali (a leggere le raccolte di poesia popolare siciliana, sembra che l'ottava ne sia stata stabile misura; molti sono invece i distici, e forse non sono stati raccolti per il pregiudizio che fossero frammenti di ottave), ma nato quando i primi lampioni a petrolio sgrovigliarono il paese dal buio delle notti senza luna: nei primi anni del secolo. Perché quando la luna c'era: «Lampioncini a petrolio, questa sera / riposo: c'è la luna che dal cielo / rischiara il borgo in vece vostra. Velo / non le faran le nuvole, si spera» (Pirandello, *Zampogna*). Ma spesso, specialmente d'autunno, le

nuvole facevan velo: e in una notte d'autunno del 1911 – i lampioni spenti, la luna velata – a Racalmuto accadde uno dei fatti più tragici e misteriosi che si ricordino. Un gruppo di giovani che vagava per il paese «in notturna», cioè per fare la serenata sotto le finestre delle donne amate o vagheggiate (bellissimo, per chi non aveva gelosi sospetti, sentire nella notte quei canti, quelle chitarre, quei mandolini; chi invece di gelosi sospetti viveva, c'era caso che scaricasse «a turruri», a terrore, per aria, la doppietta o la pistola: come ora si fa a fine d'anno); questo gruppo di giovani, dunque, percorrendo il corso Garibaldi nel buio più fitto, uno di loro inciampò in un corpo disteso. Credettero si trattasse di Caluzzieddru, l'ubriacone del paese; ma acceso qualche fiammifero si accorsero che era un carabiniere e che a un paio di metri ce n'era un altro. Come e da chi uccisi, non si seppe. Ma qualche anno dopo circolò da un orecchio all'altro, ma senza mai arrivare a quello della legge, un racconto: e pare venisse da uno che per insonnia o mal di denti si era quella notte attardato alla finestra o da voci della strada vi era stato chiamato.

E il racconto era questo: che i due carabinieri si erano imbattuti in una coppia che parve loro sospetta; la fermarono, uno di loro accendendo in faccia ai due la lampadina tascabile; ma l'uomo, che forse aveva già in mano la pistola, li fulminò entrambi, spense la lampadina, velocemente con la sua compagna scomparve. Il testimone oculare vide il volto dell'assassino, lo riconobbe. Era un giovane

«galantuomo» del paese, di una famiglia tra le più ricche. E se ne ebbe retrospettivamente la certezza dal fatto che quel giovane «galantuomo» da allora non uscì più di casa, e vi morì qualche anno dopo di consunzione. Tutti credettero (e approvarono) che avesse ucciso perché la donna che era con lui – e che il testimone non riconobbe o non volle dire chi fosse – non venisse identificata.
Ma torniamo al distico: che può anche darsi fosse stato dettato, invece che dall'amore, dalla paura: poiché la luce dei lampioni dava un po' di coraggio, nella preoccupazione degli agguati notturni in cui quasi tutto il paese cadeva dopo il tocco dell'avemaria: e il quasi esclude coloro che li facevano.
Non più cantato, il distico è diventato reazione ironica a promesse non mantenute, a raccomandazioni non assolte: evidentemente nel ricordo di una illuminazione pubblica sporadica e precaria.

AVIRI LU NOMU LIEGGIU. Avere il nome leggero. Lo si dice del proprio, quando altri lo fa vagare nel vento della maldicenza o della delazione, indicando la persona che lo porta come fonte di una determinata maldicenza, di una determinata delazione. È come dire: «perché nominare proprio me, se sono soltanto un anello nella catena di trasmissione di quella malignità, di quell'accusa?». Non si nega, insomma, la partecipazione al maldire: soltanto si trova ingiusto esserne considerato la fonte.

BARRUGGIEDDRU. Bargello. Il capo degli sbirri. Ed è il nome che molti contadini ancora dànno ai loro cani più pronti ad aggredire gli sconosciuti che si avvicinano alla casa, i grossi e ringhianti bastardi che di giorno tengono alla catena e di notte mettono in libertà. Per uguale concetto, sono chiamati «cani cuorsi», cani corsi (della Corsica), giudici, poliziotti, ufficiali giudiziari: tutti coloro, insomma, che sono preposti a far rispettare le leggi e ad amministrare la giustizia. Ma quale fosse precisamente la razza dei cani corsi, non sappiamo; né crediamo ce ne siano ancora in Sicilia. E saranno stati cani di particolare ferocia, se un decreto di Carlo III proibisce agli sbirri l'uso dei cani corsi nell'inseguimento dei rei (30 novembre 1750).

BEDDRAMATRI. Bella madre. È, come in ogni altro paese della Sicilia, la Madonna: ma con la particolarità che la sola parola, pronunciata esclamativamente, vale in determinate circostanze come giuramento (e interrogativamente – «Beddramatri?» – come richiesta di suggellare con giuramento la veridicità di una rivelazione o la volontà di mantenere una promessa). Ma giuramento veniale, leggero:

come tutti quelli che attengono al sacro; come il «privo di Dio», che esprime anche stupore, che qui – come nei personaggi di Pirandello – è piuttosto frequente. Giuramenti più grevi e solenni sono quelli fatti sulla salute propria e dei familiari più stretti o sulla vita dei figli, da chi ne ha (e li fanno spesso, nei commerci, coloro che non ne hanno). Particolarmente pregiato è il giuramento fatto sulla «vista degli occhi»: «privu di la vista di l'uocchi», che sia privato della vista degli occhi.

BUONU FACISTI CA TI NNI ISTI. Bene hai fatto ad andartene. Frase di approvazione e congratulazione verso chi ha lasciato un impegno, un incarico, un posto di lavoro. Si è sempre e da tutti approvati (tranne, a volte, dai familiari più stretti) quando si esce dal fare (dal peccato del fare, diceva il principe di Lampedusa). Ma la si pronuncia, oggi, accentuando ironicamente la rima tra «facisti» e «isti»: segno forse di un mutato sentimento riguardo al fare.

CADDRUOZZU. Rocchio. Il pezzo di salsiccia tra le due legature. Ma si dice «è un caddruozzu» di persona ingenua, sprovveduta, ignorante. In questo senso, la parola è caduta come soprannome a una famiglia di proprietari terrieri da cui per due o tre generazioni sono venuti fuori personaggi che se ne resero degni. Ne restano comici detti. Di quello che, mandando la «criata» (la serva: con parola spagnola, e spagnolescamente) a comprare granelli di agnellone, dal balcone le gridò la raccomandazione: «nun ti li fari dari di piecura» (bada che il macellaio non te li dia di pecora); e dell'altro che, venduto l'ultimo pezzo di terra, tirò un sospiro di sollievo ed esclamò: «e mi libravo accussì di l'esatturi!» (e mi sono così liberato dall'esattore, e cioè dalle tasse). Considerando che la terra dava allora un certo reddito, più a chi la possedeva e meno a chi la lavorava, l'esclamazione restò proverbiale: a segno di chi per estrema imbecillità fa il proprio danno.

CAITTU. Caid. Panzini, *Dizionario moderno*: «voce araba che vale "condottiero", ed è data negli stati barbareschi come titolo ai governatori, comandanti militari, capi di villaggio».

A Racalmuto, perdutasi la memoria dei governatori arabi, la parola è rimasta a qualificare scherzosamente e affettuosamente la petulanza e prepotenza dei bambini. «Te', stu caittu!», ma guarda questo caittu!, è frequente esclamazione di «prieu» (apprezzamento allegro, festoso) nei riguardi dei bambini quando più sono, ma ingegnosamente, prepotenti e capricciosi (o quando a qualche estraneo dicono una verità non piacevole). Non scherzosa e affettuosa, e quindi più vicina al significato d'origine, è nel verso «c'è lu caittu e gran pena mi duna», c'è il caid che mi dà gran pena, di un canto popolare: e forse si alludeva a un marito o un padre particolarmente vigilante e prepotente. Un professore ha creduto invece di essersi imbattuto nel più antico canto popolare siciliano, e che il «caittu» di cui la donna si lamentava fosse proprio un caid arabo.

CAMPARI 'NCAPU LU TABUTU. Campare sul tabuto, sulla cassa da morto: si dice di chi, senza nulla aver fatto, senza nulla fare, vive su una eredità economica o di prestigio. «A babbo morto» mi pare si dica in Toscana il credito che gli usurai aprono ai figli scapestrati che di una piccola o grande ricchezza – e comunque sempre adeguata a pagare abbondantemente il debito – saranno certamente eredi. In Sicilia si potrebbe dire a zio o zia morti, poiché solitamente da loro – soli, e gareggiando in blandizie e premure i nipoti finché uno ne resta vittorioso: e sarà appunto il più «schiffaratu», quello che più degli altri nulla ha da fare –, dal loro tabuto rampollano le più vistose eredità.

CANI PIRIDDRU. Inspiegabile accostamento, standando alle immagini: un cane, una piccola pera. Né lo spiega il fatto che lo si dica ai bambini, quando scherzosamente li si ammonisce o minaccia. C'è una sola spiegazione sensata, ed è la stessa che per Linguaglossa e Sambuca Zabut: una giustapposizione, una iterazione di parole diverse nel segno e nel suono ma di uguale significato. «Piriddru», dunque, non può essere che corruzione dello spagnolo «perrito»: piccolo cane, cagnolino. Il sentire qualche signora spagnola chiamare «perrito» il cagnolino, avrà fatto credere a un nome proprio, scherzoso e vezzeggiativo. E può darsi sia stata una sola signora, un solo cane: ché altrimenti si sarebbe capito che gli spagnoli chiamano «perrito» il cagnolino. E dunque: il cagnolino della signora, la signora dal cagnolino: e non credo sarebbe difficile, nell'albero genealogico dei del Carretto, che della terra di Racalmuto furono signori, trovare una spagnola arrivata qui per matrimonio.

CARCARUNI. Calcherone: il forno di combustione dello zolfo. Ma, ormai abbandonate le zolfare, la parola sopravvive a metafora delle bronchiti. «Haiu lu piettu un carcaruni», «ho il petto (come) un calcherone», vuol dire appunto del gorgogliare della bronchite. Allo-

ra, quando le zolfare erano attive, e le bronchiti erano prevalentemente prodotte dalle acri e soffocanti esalazioni dei calcheroni, riferendola allo stato dei propri polmoni, la parola suonava in curiosa simbiosi di causa-effetto: il gorgogliare del calcherone traslato nel gorgogliare dei polmoni. Oggi è parola che soltanto evoca l'immagine dei calcheroni spenti, tumoli rossastri nella campagna; e più viene usata la parola «gattarieddri», per dire del gemere dei bronchi, quasi sottile miagolio di gattini.
Le bronchiti erano, per gli zolfatari, croniche; e quasi tutti quelli che vi lavoravano, anche quelli che non si occupavano direttamente dei forni, ne erano affetti. E anche nel paese, per le esalazioni dei forni che, secondo il vento, vi arrivavano, più o meno lievemente tutti ne erano affetti. Più grave era, per gli addetti ai calcheroni, l'essere «pigliati», per uno spiffero vicino e imprevisto, dal fumo della combustione, l'aspirarlo: i polmoni ne erano come bruciati.
Un medico di Racalmuto, Francesco Burruano, si era dato in gioventù a studiare le malattie dei lavoratori dello zolfo e del sale; e sue comunicazioni si trovano negli atti dei congressi medicali di allora.

CASINU. Casino. Circolo di compagnia. Ma non tutti i circoli erano così denominati. Il casino per (non per modo di dire) eccellenza era quello dei «galantuomini» cui il fascismo, impadronendosene, diede nome di «dopolavo-

ro delle forze civili». Raccoglieva proprietari terrieri, professionisti, funzionari dello Stato, maestri delle scuole elementari; e vi si entrava se approvati, per votazione a palle nere e bianche, dai due terzi dei soci. La non approvazione – piuttosto frequente – era un fatto mortificante e non privo di conseguenze morali, sociali. Una macchia. Paradossalmente, fu il fascismo a democratizzare l'ammissione al casino: bastava appartenere alle «forze civili» (e cioè alla categoria popolarmente detta dei «sucanchiostru», dei succhiainchiostro, della burocrazia anche infima) per essere, dietro domanda, ammessi. Ma caduto il fascismo, si tornò al vecchio statuto.
Casino era pure chiamato il circolo degli zolfatari e salinari; non quello, di estrazione mazziniana, del Mutuo Soccorso («mutusuccursu»), in cui si riunivano commercianti, artigiani, imprenditori. Sorsero poi altri circoli: «di cultura», in opposizione a quello dei «galantuomini»; dei cacciatori; dei braccianti agricoli. Ma in tutti prevalente attività era il gioco di carte: a passatempo durante l'anno, d'azzardo nel periodo natalizio. Nel frattempo (negli anni Cinquanta) scompariva nell'accezione di circolo la parola casino, ormai d'uso generale nel significato – derivante da casino = casa di prostituzione – di confusione, tumultuazione, chiasso.
Il casino = casa di prostituzione non esisteva nel paese; e le case di prostituzione dei grossi paesi vicini erano semplicemente bordelli. Qualcosa di simile alla casa di prostituzione pare fosse esistita, non in regola con la leg-

ge, alla fine dell'Ottocento in un quartiere chiamato Santa Croce: e ne rimase memoria nel dire «santacruci» come sinonimo di licenziosità, di puttanesimo. Curiosamente, è con l'abolizione delle case di prostituzione che cade l'interdetto sulla parola casino, e per il fatto che ormai tutti sapevano che cosa fosse stato un casino. Per cui casino, incasinare, incasinato, far casino, sono espressioni che soltanto i giovani, tra loro, usano. La *pruderie* dei racalmutesi si può senz'altro dire di tipo vittoriano. Ancora oggi c'è chi chiama «biancu» (bianco) il petto di pollo; chi evita di dare precisa denominazione a quella pera cerea e succosa detta «coscia» o – peggio – «coscia di monaca»; chi, azzardandosi a parlare di prostitute, ricorre all'eufemismo di «donne che fanno qualche favore»...

CASSATI DI PASQUA E GIALATI DI MUNTI. Cassate di Pasqua e gelati di Monte (della festa della Madonna del Monte): sono le cose che non si debbono comprare. Tanta è la richiesta di cassate a Pasqua e di gelati alla festa del Monte che per esaudirla i dolcieri fanno tutto in anticipo, con fretta e senza scelta degli ingredienti che vi impiegano (e specialmente, elemento principe, le ricotte: che debbono essere «fini», di delicato sapore, senza sentore di trigonella o di fumo).
Una tale prescrizione dice del gusto raffinato, sottile, dei racalmutesi in fatto di cibi, anche i più semplici: l'olio deve sentire di oliva; il pane non deve sentire nemmeno lievemente

di quel sapore che dà il piccolo seme che si mescola insidiosamente al grano e che è chiamato «atrè» (non so qual nome abbia in italiano); nello stesso olio non si deve friggere due volte, nemmeno in continuità di bollore; le minestre riscaldate non vanno (e si dice che è minestra riscaldata una pace fatta – tra moglie e marito, tra parenti, tra amici – dopo grave lite); l'estratto di pomodoro deve essere di «prima mano», e cioè della prima produzione, al principio dell'estate; il formaggio pecorino deve essere dei pascoli primaverili; il caciocavallo di scorza dura...

CATAPANU. FARISI PIGLIARI DI LU CATAPANU. Catapano. Farsi prendere dal catapano: e cioè farsi prendere dal panico, per timore e paura agitarsi, confondersi. Catapano è antica voce: bizantina, medievale. Governatore di provincia, in Sicilia, durante la dominazione bizantina; funzionario amministrativo-giudiziario, «magistrato per giudicare le liti nei mercati», successivamente; finché nel secolo XVIII (ed è da ricordare la famosa «controversia liparitana» che dall'azione di due catapani ebbe origine) è soltanto «servus publicus annonae» (Del Bono), guardia municipale – diremmo oggi – addetta all'annona, alla riscossione dei tributi annonari. Il Puoti poi (esempio riportato dal *Dizionario* del Battaglia): «Catapano dicesi di uomo pratico ed intendente, che non per ufficio, ma per credito ed abilità ha autorità e potere sopra molti altri».

CATTIVA. Vedova. E cioè captiva, prigioniera: dei riti e dei comportamenti del dolore che era tenuta a osservare, del lutto. Prigioniere di sé e dell'«occhio del mondo» (gli altri, coloro che spietatamente osservano e giudicano) erano ancora negli anni della mia infanzia le vedove: nerovestite; chiuse in casa (e soltanto per altri lutti di parenti o di amici ne uscivano); le finestre mai spalancate nei primi tre anni, ma aperte a spiraglio, a «vaniddruzza» («vaniddruzza» = piccolo vicolo: e si dice, oltre che per le imposte spiragliate, per gli occhi socchiusi). A meno che non si risposassero: fatto che riscuoteva sempre una più o meno aperta riprovazione e soltanto giustificato dalle condizioni economiche in cui la donna veniva a trovarsi dopo la morte del marito: la mancanza di ogni possibilità di sussistenza o il possesso di beni che da sola non era in grado di governare.

CATUNIARI. Catoneggiare. Da Catone il Censore: e appunto dice del continuo, assillante, gratuito censurare e disapprovare di un marito, di una moglie, di una suocera.
Da quale memoria è arrivata al sentire popolare la figura di Catone, dando luogo a un verbo, è un mistero. E bisogna anche considerare che la parola contiene un giudizio: chi catoneggia è un moralista di falso moralismo, d'apparenza. Esattamente come Catone nell'epigramma di Marziale.
Lo stesso concetto è nell'espressione «patri arricurdanti», padre ricordante: il prete che

assiste l'agonizzante a sollecitargli, per pentirsene, il ricordo dei peccati commessi. Ma «patri arricurdanti» può anche essere il bambino che incessantemente chiede l'adempimento di una promessa (ricorda il peccato di aver promesso); a «catuniari» è invece, sempre, l'adulto che in famiglia detiene autorità.

CAVALIERE PORCO, PERCHÉ NON MI AVETE INVITATO? Domanda gridata da Virgilio Sferrazza a suo cugino Salvatore, in una circostanza per Salvatore solenne, e rimasta nella memoria collettiva per uso scherzoso o a dare tono scherzoso a un risentimento serio: se un parente o un amico dimentica di invitarci a una festa familiare.
Salvatore e Virgilio erano cugini, ma di molto maggiore in età e in beni Salvatore. Per temperamento e cultura diversissimi: Salvatore cattolico osservante e clericale, dedito a pie opere; Virgilio libero pensatore, lettore di Oscar Wilde, pianista di talento (lasciò al Comune il suo prezioso pianoforte). Celibe Virgilio; sposato a una ex monaca Salvatore; e abitavano – Salvatore un palazzo intero – di fronte. Un giorno che Salvatore fece festa per la sua nomina a cavaliere di cappa e spada di Sua Santità, ed era venuto il vescovo di Girgenti, Virgilio che non era stato invitato gliela guastò affacciandosi di tanto in tanto al suo balcone e gridando quella frase verso i balconi – aperti poiché si era in estate – del cugino.

CCA SUTTA 'UN CI CHIOVI. Qui sotto non ci piove. Frase cui si accompagna il gesto dell'indice della mano destra dritto sotto il palmo della mano sinistra: a figurare un uomo sotto una tettoia, sotto un ombrello – fisicamente; se stessi al riparo da ogni detrazione e maldicenza – moralmente. Espressione verbale e mimica, insomma, che vuol dire di una vita intemerata, incorrotta e incorruttibile anche nello sfiorare o nello star dentro a fenomeni di corruzione. Equivale all'*omnia munda mundis* di san Paolo.

CCI SQUAGLIA 'MMUCCA. Gli squaglia in bocca. Come un gelato, deliziandosene. Ma si tratta di una persona. «Tizio odia Sempronio». «Ma se Sempronio gli squaglia in bocca!». Si dice iperbolicamente, ma sempre ambiguamente o con evidente falsità ed ironia, della benevolenza di una persona verso un'altra: quando c'è chi la nega o la mette in dubbio. E suona, si capisce, come conferma: che Tizio odia Sempronio.

C'È CORI E CURUZZU. C'è cuore e cuoricino. Espressione che accusa d'ingiusta distribuzione d'affetto – e conseguentemente di beni – nonni, zii e prozii verso i nipoti. Quasi avessero due cuori: uno grande per i preferiti, altro piccolo per i reietti. Accusa a volte gratuita, e rivolta in funzione ricattatoria;

spesso vera. E dà luogo a fierissime avversioni familiari, quando di mezzo c'è la «roba» da ereditare.

CHI C'ENTRA LA CARROZZA DI MUORTU CU LA PUTIA DI MARUZZU? Che c'entra il carro funebre con la bottega di Maruzzu? Non c'entra per niente, infatti: e la domanda si fa quando qualcuno parla, direbbe Belli, «a testa per aria», saltando da un argomento all'altro e toccando sentimenti diversi, se non addirittura opposti. Maruzzu, che aveva bottega di arance, limoni, limoncelli (le «lumie di Sicilia» di Pirandello) e castagne secche (dette «pastigli», pastiglie: durissime, da ammorbidire e squagliare in bocca), nel mese di maggio si dava all'attività di gelataio. Faceva soltanto granita di limone, di un sapore mai più ritrovato, e per un soldo dava una manciatina di ghiaccio triturato su cui schizzava un po' di sciroppo rosso. Per il felice refrigerio che dava a tutti, e a poco prezzo, nulla di più lontano dal carro funebre che la sua bottega.

CHI MRACULU CHI FICI SANTA FARA / LA CHIESA CHIUSA, E LA CAMPANA SONA. Che miracolo ha fatto santa Fara / la chiesa chiusa, e la campana suona. Non ricordo di quale paese siciliano santa Fara sia patrona, né è mentovata nelle *Feste patronali* del Pitré; ma ricordo di averne vista l'immagine, e certamente c'è un

paese in cui, se non come patrona, gode di un culto particolare. È possibile sia tra quelle scomparse nella decimazione operata in questi ultimi anni dalla Curia romana e che ha travolto santi – inesistenti secondo storia e filologia – che specialmente nel meridione godevano di antico e fervido culto (decimazione resa in molti casi difficile o addirittura impossibile appunto dall'antichità e fanatismo dei culti: come nel caso di san Gennaro, cui un anonimo devoto rivolgeva, graffita su un muro, una napoletanissima esortazione a fottersene del decreto che lo dichiarava inesistente).
Certo è, comunque, che il culto di santa Fara deve essere di un paese lontano da Racalmuto. Non se ne trova, tra i nati dell'ultimo secolo, il nome; e il distico cade sempre a ironico e beffardo giudizio su uno sforzo minimo, una generosità irrisoria. Poca cosa e che non serve: così come il miracolo di far suonare da sé la campana.

CHI SI FA A LU 'NFIERNU? SI MARTEDDRA. Che cosa si fa all'inferno? Si martella. Domanda e risposta che si dànno le donne di casa, a modo di rassegnata imprecazione, nei momenti più esasperati della loro fatica quotidiana, specialmente quando attorniate da bambini vocianti e piangenti. E non tanto l'espressione si riferisce alla fatica pesante e continua quanto al frastuono, al martellare delle voci e dei giochi dei bambini. Dal che si vede che l'inferno è immaginato come nel XXI canto dell'*Inferno* dantesco: una specie di «arzanà de' Viniziani». Ma Dante evoca l'arsenale di Venezia soprattutto per il ribollire della «tenace pece»; mentre le popolane di Racalmuto evocano l'inferno-arsenale per il frastuono del «chi ribatte da proda e chi da poppa».

CIANCIANA. Sonaglio. I piccoli sonagli di rame che si attaccavano alle testiere dei cavalli, dei muli; e nel galoppo facevano allegro suono. E si attaccavano anche al collo dei bambini (ma più piccoli, d'argento: e pendevano da sirene e ippocampi, pure d'argento, che facevano da amuleti), dei cani, dei gatti, dei furetti. Ai furetti ancora si mettono al momento in cui si «abbìanu», si avviano, dentro la tana in cui si suppone nascosto il coniglio: a che si abbia modo di localizzarli, di sapere se stanno dentro la tana o se hanno trovato altra uscita.
Come Chiarchiàro, che voleva si pronunciasse Chiàrchiaro, anche questa parola Pirandello accenta sulla prima sillaba: ciànciana. Inspiegabilmente rispetto all'uso (poiché Cianciàna è anche il comune in provincia di Agrigento, patria del poeta – del feudo e della zolfara – Alessio Di Giovanni); ma spiegabilmente, è da credere, nella ricerca dell'etimo. Da «cianciàna» il verbo «ciancianiari»: che nel significato somiglia all'italiano cianciare, ma dice di un che di vago, di argentino, che è nelle voci delle donne quando in gruppo discorrono e le si sente da lontano.

CICCANNINU. Misteriosa parola a indicare il tocco del mezzogiorno e della mezzanotte. Forse, per l'alternato tono dei tocchi, si voleva scherzosamente dire di un Ciccu e di un Ninu (Francesco e Antonino) che si rispondono. O era il nome e cognome (Ciccu Annino) di un antico campanaro. O è corruzione di una parola composta, nella prima parte divenuta oscurissima e nella seconda significando – secondo il vocabolario dello Scobar (1519-20) – bello, soave, dolce: «hanino». E questo significato è da attribuire alla parola «acanino» nella novella decima dell'ottava giornata del *Decameron*: «tu mi hai miso lo foco all'arma, toscano acanino». Toscano dolce, non – come qualche chiosatore ha inteso – crudele.

Detto del mezzogiorno e della mezzanotte, «anninu» conferisce dolcezza: per il ristoro del cibo al mezzogiorno, del riposo alla mezzanotte. Peraltro – parole cadute in disuso – «anninnari» era il prolungato girare della trottola («s'addrummiscì», si è addormentata, dicevamo bambini di una trottola che girasse a lungo e silenziosamente) e «anninnuliari» il cullare neniando i bambini.

CICIRI MUODDRI. Ceci molli, scotti. Si dice delle cerimoniosità, dei complimenti.

CI SPUTASSI VOSSIA. Ci sputi lei. Espressione ormai proverbiale, per dire di un'azione che si è costretti a fare anche se teoricamente, formalmente, si ha la libertà di non farla. Fu pronunziata da un certo Salvatore Provenzano, ex guardia regia (corpo di polizia, quello delle regie guardie, istituito da Nitti e sciolto da Mussolini), davanti al seggio in cui si votava il consenso o il dissenso al regime fascista. I componenti del seggio consegnavano al votante la scheda su cui, teoricamente, il votante era libero di scrivere «sì» oppure «no»: ma di fatto le schede venivano consegnate con il «sì» già scritto, per cui al votante altro non restava che leccare la parte gommata della scheda, chiuderla e imbucarla nell'urna. Accorgendosi dunque Provenzano che già era stato scritto un «sì» dove lui aveva intenzione di scrivere un «no», si rifiutò di toccare la scheda: che la leccasse, chiudesse e imbucasse il presidente del seggio. Naturalmente, fu arrestato: ché sarebbe già stato offensivo dire al presidente di leccare la parte gommata della scheda, chiuderla e metterla nell'urna; ma dirgli «ci sputi» era dimostrazione di assoluto disprezzo per il regime fascista. (Provenzano è morto una diecina d'anni addietro. Era un uomo alto, asciutto, la faccia cotta dal sole. Vestiva sempre con giacca di velluto a coste, pantaloni da cavallante, gambali di cuoio. Viveva del reddito di una sua piccola campagna. Caduto il fascismo, non rivendicò mai il merito di essere stato antifascista).

CIVITA. Città. Civitas. Ma si dice di un luogo in cui gli alberi di ulivo sono numerosi e fitti. La voce, ignorata da tutti i dizionari del dialetto siciliano e, per quel che sappiamo, con questo significato viva soltanto tra i contadini di Racalmuto, viene certamente dal fatto che così, Civita, è chiamata dagli agrigentini la contrada dove sorgeva l'antica città. Pirandello, *Il turno*: «Dopo San Nicola lo stradone, più ripido, li agevolò nella corsa allegra, sotto la minaccia della pioggia. E in breve furono al cospetto del magnifico tempio della Concordia, integro ancora, aereo sul ciglione e aperto col maestoso peristilio di qua alla vista del bosco di mandorli e d'ulivi, detto, in memoria dell'antica città che sorgeva pur lì, bosco della Civita; di là alla vista del gran piano di San Leone...». Di mandorli e d'ulivi: ma il contadino racalmutese, l'occhio abituato a una campagna ricca di mandorli e povera di ulivi, restava impressionato dall'insieme degli ulivi, alberi amati ma raramente piantati per la lentezza della crescita e il tardo dar frutto; alberi non a misura di vita umana, e che avevano perciò a che fare con la fede, con la religione. Da ciò il proverbio «ci voli fidi puru a chiantari un pedi d'auliva» (ci vuole fede anche a piantare un ulivo).

COMU DISSI CHIDDRU. Come disse quello. Precede sempre la citazione di una battuta ironica e sferzante, o scettica, o di rassegnazione. Una battuta d'autore, anche se l'autore resta innominato. Ed ha di solito dietro un aneddoto, un mimo. È stata pronunciata, insomma, a suggello di un caso preciso: e chi la ripete è di solito in grado di raccontarlo. Ancora individualizzata e particolare, è come sul punto di passare al patrimonio di saggezza della collettività, di diventare modo proverbiale o proverbio, di perdere l'attribuzione a «quello» e di diventare dell'«antico» e di tutti. Poiché l'antico, l'uomo antico, ci ha lasciato detti di ben più fondata e sperimentata saggezza. E sono i proverbi. «Lu dittu di l'anticu nun fallisci», il detto dell'antico non fallisce. Di infallibile verità. Anche se quel che un proverbio afferma si può immediatamente negare con un altro proverbio.

CRACULI. Dallo spagnolo «caracoles», lumache: ma qui nel solo significato di gusci, di cose vuote d'ogni valore (le lumache sono invece chiamate «babaluci», la *b* pronunciata quasi come *v*: e può voler dire bavalucente come può avere invece origine araba, a indicare la spirale del guscio). È soltanto usata accompagnata dalla parola quattro, che ha spesso la funzione di non definire, di non precisare il numero delle cose che si possiedono, che si mangiano o di cui si è in debito: ma sempre per dire che sono poche. L'espressione «quattru craculi» vuol dire dunque: poche e inutili cose. La si usava a disprezzo di una dote o di una eredità: «lei non gli portò» – al marito – «che quattro craculi»; «mio zio non mi lasciò che quattro craculi». Nel mondo contadino, in cui ogni residuo trovava utilizzazione, i gusci delle lumache erano i soli di cui non si sapesse che fare: e perciò supremamente e beffardamente simboleggiavano il nulla economico. Coloro che in sogno avevano rivelazione di un tesoro sepolto, e secondo le istruzioni nel sogno ricevute dovevano di notte andare a disseppellirlo, senza tremare davanti ai fantasmi che lo custodivano, se invece andavano di giorno altro non trovavano che un mucchio di gusci di lumache. Così era accaduto a un certo Piraino, zolfataro: che ebbe la rivelazione di un tesoro nascosto in una grotta della contrada Poggio del Conte, una rivelazione così topograficamente esatta che la notte stessa con sicurezza vi arrivò; ma non ebbe cuore di entrare, anche se i due fantasmi (di guerrieri saraceni, come sempre a guardia dei tesori sognati) gli facevano gesti d'invito. Vi andò l'indomani: e nella grotta non c'erano che «quattro craculi». Da povero che era, i fantasmi, indignati, lo fecero poi diventare poverissimo.

CU È SUTTA AGGRUPPA LI FILA. Chi è sotto annoda i fili. Ricordo della tessitura di tappeti che una volta si faceva e in cui il lavoro di annodare i fili, stando sotto il telaio, lo facevano dei bambini. Terribile lavoro: ed è diventato metafora del subire angherie, soprusi. Sta sotto il povero, il debole: ad annodare i fili di un disegno che non vede.

CU HAPPI LUCI CAMPÀ, CU HAPPI PANI MURÌ. Chi ebbe il fuoco per riscaldarsi, sopravvisse; chi ebbe il pane, morì. Perché «lu luci» è il fuoco del braciere, del forno, della cucina; e «la

luci» è soltanto, modernamente, quella elettrica: quasi sinonimo di corrente elettrica. Di altre lampade, come del sole e della luna, la luce è «lustru»: «lustru di lumi» (lume a petrolio), «lustru di suli», «lustru di luna».
Lo si diceva a ricordo di inverni favolosamente freddi; ma anche ad iperbole dell'inverno presente, sempre considerato più freddo di ogni altro. Più necessario del pane, dunque, il fuoco cui riscaldarsi: e per i vecchi particolarmente. E che cosa fosse in una casa, nelle serate d'inverno, il braciere di rame dentro quel trespolo circolare di legno a cui si appoggiavano i piedi, lo si può oggi paragonare (a parte la funzione del riscaldamento) alla televisione intorno alla quale la famiglia si raccoglie. In semicerchio, oggi; e in silenzio. In perfetto cerchio e in animata conversazione, allora.
Nel braciere ardeva la carbonella di scorze di mandorle che residuava dal forno (per chi poteva permettersela: ché i poveri avevano, dagli sgroppi delle fave, più effimera brace). Vi si cuocevano le uova, la salsiccia, il formaggio, le sarde salate: che prendevano sapore impareggiabile. A farne profumo, vi si facevano bruciare le bucce delle arance.

CULURI DI CANI CA CURRI. Colore di cane che corre. Per dire di un colore indefinibile, strano e comunque non in tono, non elegante. Lo si dice quasi sempre per colori inconsueti o confusamente frammischiati di vestiti e, oggi, per certe tinte di chiome femminili:

quando l'intenzione di farle nere o bionde è tradita dai risultati.

CUMARCA. Comarca: parola spagnola che indica un territorio che comprende diversi paesi. E il verbo «comarcar» significa il riunire – per eredità o per acquisti – terreni confinanti.
Non registrata dai dizionari italiani, la parola è però d'uso: si dice «la cumarca di Naro», che era una contea di particolare formazione e struttura. Comprendeva, infatti, altre località abitate, oltre al grosso paese da cui prendeva nome; e forse si era così formata per il confluire di diverse eredità o investiture. Ma a Racalmuto, forse a memoria di una particolare invadenza e prepotenza della comarca di Naro, la parola è rimasta come sinonimo di mafia e comunque nel significato di associazione per delinquere. Più esattamente: vale l'ormai diffusissimo termine «cosca», nel paese di uso recente, per l'avvento dei mass-media.

CUORIUDURU. Cuoio duro. Soprannome di un brigante, di cui il nome si è perso nel tempo, attivo nella campagna del paese nella prima metà dell'Ottocento. Così soprannominato per la leggenda che le pallottole che i gendarmi gli sparavano, invece di ferirlo lo toccavano rimbalzando. Pare fosse un brigante solitario. Non lo presero mai: sicché ancora negli anni della mia infanzia si diceva fosse vivo (o forse lo si dava vivo a far paura ai bambini). Oggi si dice «cuoriuduru» a un bambino irrequieto, spericolato; e anche a quei vecchi di ferrea salute che tengono in inquietudine una famiglia. Le suocere specialmente, dalle nuore e dai generi – ma quando ne parlano con altri – sono chiamate «cuoriuduru».

CURARI. Curare. Si curano i mali di ogni essere vivente, ma si curano anche, a farli disseccare al sole, ortaggi e frutta: a conservarli per l'inverno. Fichi, prugne, pesche, pomodori. E si dice anche delle persone che per lavoro o perché credono di averne beneficio o per il gusto di annerirsi, troppo si espongono al feroce sole estivo. «Si curanu»: si prosciugano, si rinsecchiscono. Con compatimento per chi vi è costretto, con incredula ironia per chi crede di trarne beneficio, con aperta irrisione per chi crede di imbellirsene (l'ideale di bellezza, per i colori del volto, è quello che trova paragone nella pesca). Comprensibilmente, nel mondo contadino il sole è amato e desiato quando non c'è. I colpi di sole durante mietitura e pesa erano frequenti, e paventati. A chi era colto da insolazione, il sole dalla testa si credeva venisse tolto dall'applicazione di un piatto con acqua e galleggianti gocce d'olio: ma recitando, a che il rimedio avesse effetto, formule e giaculatorie che soltanto tre o quattro donne nel paese conoscevano.

CU TUTTU CA SUGNU UORBU, LA VIU NIURA. Sebbene sono orbo, la vedo nera. Cioè: vedo che andrà a finire male. Frase pronunciata il 10 giugno 1940 da un cieco, da tutti chiamato «mastru Pietru» (maestro Pietro), alla fontana pubblica di via Regina Margherita, dove le donne, che stavano in turno per attingere acqua, a «mastru Pietru» domandarono cosa pensasse della guerra che quel giorno Mussolini aveva dichiarato alla Francia e all'Inghilterra. Con quel giudizio, «mastru Pietru» rischiava di finire in carcere: ma anche se subito si diffuse per tutto il paese, non arrivò mai all'orecchio delle autorità fasciste. Rimasta proverbiale, la frase viene oggi detta ad esprimere il più radicale pessimismo. Sicché della situazione italiana di oggi si dice: *cu tuttu ca sugnu uorbu, la viu niura.*

D'AREMI. Sono «d'aremi», nelle carte da gioco siciliane, quelle dell'oro. Di danari. Probabilmente dall'arabo «dirham», dìnaro. Ma per il suono, e per la lontana origine pure araba, resta di estravagante suggestione, a richiamo, la parola «aremme» registrata dal Tommaseo: «l'aremme de' Turchi, in quanto è chiostro; ma aremme son anco le femmine stesse». Lontana parola, ma non sfuggita alla caccia dannunziana: «su quel tappeto d'aremme». Di harem. Ma per me, nel ricordo delle carte da gioco con cui nella mia infanzia molto tempo si trascorreva, la parola soffonde un che di dorato.

DICICA. Dice che. Non «si dice che», ma uno solo, innominato, «dice che». È l'incipit di ogni aneddotica malignità, di ogni racconto sulle disgrazie altrui. Il «dicica» alleggerisce la responsabilità del narratore, come nel «si dice» italiano, ma al tempo stesso rende più segreta, più esclusiva, più preziosa e godibile la notizia. Non la sanno tutti. Era uno solo a saperla. E ora siamo in tre.

DICONEDÌ. Dio che non è dio. Il dio della menzogna al posto del dio della verità. Espressione che si è contratta al massimo, diventando sostantivo sinonimo di menzogna, ma con una ormai appena avvertita differenza: quasi che il dire «diconedì» comporti lo spergiuro e il tradimento, mentre più leggera, veniale e perdonabile è ogni altra menzogna: «farfantaria», furfanteria: quasi in accezione picaresca.

DI 'NA FIGLIA CENTU NORI. Di una figlia cento nuore. E dice, alla lettera, di chi avendo una sola figlia a tanti la promette in matrimonio. E si badi: non cento mogli, ma cento nuore: fulmineo ed eloquente ragguaglio di quella che era la condizione di una giovane sposa nella famiglia patriarcale (ma in Sicilia matriarcale).
Generalmente si dice che fa di una figlia cento nuore chi promette a tanti di vendere o donare la stessa e sola cosa; ma a volte si dice anche a definizione di persona litigiosa, che per futili motivi frequentemente attacca lite. Dovuta forse, la traslazione, alla conseguenza che facendo di una figlia cento nuore si fanno anche cento suocere.

DON GASPÀRU. Don Gaspare. Di famiglia ragguardevole, vivendo oziosamente di rendita, suo divertimento era l'introdursi furtivamente nelle case altrui per svelarvisi al momento in cui più poteva suscitare terrore. Giocava, insomma, al fantasma. Una volta riuscì ad introdursi nel Collegio di Maria e a collocarsi, come statua, in una nicchia vuota: e figurarsi il terrore e le grida delle monache, allora numerose. Si era ai primi dell'Ottocento, le monache del Collegio erano quasi tutte di notabili famiglie del paese e dei paesi vicini; e forse la mania di don Gaspàru andava un po' più in là del gioco del fantasma. È probabile, dunque, che lo scherzo gli sia costato galera o ricovero in manicomio, se quando noi bambini ci nascondevamo dietro una porta o in un angolo buio per spaventare qualcuno, l'ammonizione «vi finisci comu don Gaspàru» (finirete come don Gaspare) ci veniva invariabilmente somministrata. A meno che non si volesse soltanto dire: finirete con quel vizio, con quella mania.

DONNA NICULETTA. Donna Nicoletta. Vissuta, a quanto pare, qualche decennio dopo don Gaspàru, di uguale condizione e affetta da uguale mania, donna Niculetta, soprannominata «la purcina» (la porcina), sguisciava nelle case altrui – generalmente in quelle dei poveri, che stavano a porta aperta tutto il giorno: e approfittando della distrazione o della momentanea assenza delle donne – o arraffando, come una ciaula, quel che luceva; o divorando quel che trovava da mangiare; o infilandosi in un letto e beatamente addormentandosi. E i letti specialmente erano la sua passione. La gente, evidentemente la sopportava per riguardo alla famiglia; ma ne aveva terrore. La considerava folle e sciocca insieme (ma più sciocca che folle, se ancora di una donna sciocca o ingenua si dice che è

«una donna Niculetta»), ma il soprannome adombra anche, di quella mania, un che di sessuale.
Di donna Niculetta, intorno al 1930, un poeta locale - Giuseppe Pedalino - cantò le gesta.

E CHI N'HAMMU A VIDIRI LI SPICCHIA? E che dobbiamo vederne gli spicchi? Per dire che l'apparenza rivela già la sostanza, come una arancia che non occorre sbucciare per sapere che è marcia. Il non volere, insomma, andare a fondo: a non sprecare tempo, fatica; e a non avere delusioni più profonde. Si dice solitamente quando, ad una buona azione che dovrebbe proseguire nel tempo, non corrisponde da parte di chi la riceve segno di gratitudine: ed implica la decisione di abbandonare, di lasciar perdere.

ECLA. Il cerotto che dà lucido alle scarpe. Il nome è quello di una marca ormai scomparsa: e sarà stata la prima che i racalmutesi conobbero di un tale prodotto. Già nella mia infanzia, il cerotto di marca Ecla non esisteva più, le marche più usuali erano Brill e Marga. Ma erano, e ancora sono quelle sul mercato, ecla: non più marca ma sinonimo. Allo stesso modo, nel vicino paese di Favara, l'autobus è chiamato «pintaiota», dalle lettere greche penta e iota che erano sigla della prima società che impiantò il servizio tra il paese e il capoluogo. Prima che arrivasse l'ecla, le scarpe di capretto nero si lucidavano con sego e nerofumo; per quelle di altro colore o di cuoio ruvido c'era soltanto il sego.

E IDDRU PIRCHÌ SCECCU SI FICI? E lui perché si è fatto asino? Questa era la risposta di uno che faceva il mestiere di prendere dalle case il grano, portarlo al mulino e restituirlo in farina, a chi lo rimproverava di continuamente picchiare e pungere il povero asino che sempre carico andava su e giù per il paese. Quasi che l'asino avesse scelto di fare l'asino così come un uomo sceglie un mestiere, una professione. Ormai è frase proverbiale; e si dice a giustificazione del trattar male qualcuno che non può ribellarsi. A me questa frase è affiorata alla memoria, dopo tanti anni che non la sentivo e non la ricordavo, mentre per la prima volta leggevo Teilhard de Chardin: automaticamente; con inconscia, assolutamente involontaria mancanza di rispetto.

E LU CUCCU CI DISSI A LI CUCCUOTTI / A LU CHIARCHIARU NNI VIDIEMMU TUTTI. E il cucco disse ai suoi piccoli / al chiarchiaro ci rivedremo tutti. Per dire dell'appuntamento che tutti abbiamo con la morte.
«Chiarchiaru» è, in una collina rocciosa, un sistema di anfratti, di crepacci, di tane. Pauroso rifugio di selvaggina, di uccelli notturni, di serpi; e vi si caccia col furetto, che spesso nelle tane resta «'mpintu», impigliato, quasi il labirinto dei cunicoli fosse matassa che l'aggroviglia.
La parola, intraducibile in altra italiana, si è

italianizzata facendosi, in provincia di Agrigento, cognome. Il personaggio di Pirandello che aspira alla patente di jettatore, nella commedia che appunto s'intitola *La patente*, si chiama Chiarchiaro: solo che Pirandello ha voluto spostare l'accento sulla prima sillaba, Chiàrchiaro. Per ragioni di etimo o per impedire che qualcuno vi si riconoscesse?
Al «chiarchiaru», dunque, è come dire agli inferi, a un luogo di morte in cui tutti ci incontreremo. E senza dubbio vi agisce la memoria delle antiche necropoli scavate nelle colline rocciose, come intorno al paese se ne trovano.

E PI' MIA TI JETTI? E contro di me ti getti, ti metti? Frase, di meraviglia e di minaccia, che si dice sia stata pronunciata dal segretario locale del Partito comunista quando il suo mezzadro, sull'aia, chiese si ottemperasse, nella divisione del grano appena trebbiato, alla legge che andava sotto il nome del ministro comunista Gullo. La si dice, e si racconta l'episodio, a detrazione di idee politiche rinnovatrici o rivoluzionarie: ritenute astrattamente «belle», ma di difficile applicazione; e specialmente da parte di chi, pur professandole, ha concreti interessi da difendere.

E UNNI AGGHIORNA AGGHIORNA. E dove sarà giorno sarà giorno. Ma è un «dove» che vale anche «quando» e con una sfumatura di «se». Se, quando e dove sarà giorno, sarà giorno. Si dice nel prendere una decisione che comporta rischi: come di un cammino intrapreso nel buio della notte, con l'insicurezza di raggiungere una meta; e si vedrà al sorgere del giorno dove saremo arrivati, quale luogo e sorte ci sono stati assegnati. Frase che da almeno un secolo suggella – fingendo noncuranza, scherzosamente: ma con intimo strazio – le decisioni, a migliaia numerose, di emigrare. E si consideri che nella sola Hamilton, in Canada, si trovano circa cinquemila racalmutesi, emigrati dopo la seconda guerra mondiale.

E VIVA IL SOCIALISMO E DIO CHE L'HA CREATO / E VIVA GANGITANO CHE È NOSTRO DEPUTATO. Versi in italiano, di poeta popolare anonimo, improvvisati quando eletto, nel collegio di Canicattì, cui Racalmuto s'apparteneva in epoca prefascista, il socialista Gangitano. Venivano ripetuti durante il fascismo ironicamente, ad irrisione del sistema democratico, poiché nemmeno il socialista Gangitano riuscì a portare avanti la più urgente e (è il caso di dire) bruciante istanza del paese: quella dell'acqua. Ma non la si ebbe nemmeno dal fascismo. Proprio quando la guerra stava per cominciare, arrivarono i tubi: e restarono ad arrugginire per anni. L'acqua arrivò avaramente (un paio di ore ogni tre o quattro giorni, e ancora oggi) circa dieci anni dopo. L'idea del socialismo creato da Dio meraviglia e fa sorridere. Ma forse non dovremmo meravigliarci né sorridere: è possibile contenesse, inconsapevolmente, la premonizione del cosiddetto «socialismo reale».

FAVARISI. Favaresi. Di Favara, grosso paese a circa venti chilometri da Racalmuto. Si dice: «Favarisi, tutti 'mpisi» (favaresi, tutti da impiccare). E meno si allude alla mafia, che vi è endemica e prospera, e più alle faide tra famiglie, continue ed atroci fino a pochi anni addietro.

FRUSTIERI. Forestiero: «d'altra patria, d'altro luogo, che di quello dove si trova» dice il Pasqualino; che però registra «forasteri», del dialetto palermitano, ignorando che la parola serve anche a indicare vagamente un luogo lontano dal paese. «È frustieri» si dice di uno che è partito e si sa che tornerà (non si dice degli emigranti): o quando non si sa dove è precisamente andato o quando non lo si vuol dire.

Il forestiero, che sempre trova nel paese la più premurosa ospitalità, se mal si comporta, da «frustieri» che era, diventa, acremente, con disprezzo, «frustatu» o addirittura «frustatazzu»: frustato, frustataccio. Nell'assonare di «frustieri» con «frustatu», lo si vuol dire svergognato, disonorato: nella memoria delle pubbliche frustature ai debitori insolventi, ai bestemmiatori, alle fattucchiere: da cui vergogna e disonore ridondavano anche sui familiari.

FUOCU ALL'ARMA. Fuoco all'anima. Si dice che sono fuoco all'anima dei momenti di riposo, di ricreazione, di refrigerio. Nel senso che poi, passati quei momenti, il lavoro peserà di più, più si sentirà il dolore o la noia, più il caldo. Frequentemente, durante i lavori di mietitura e trebbiatura del grano, nella gran calura dell'estate, capita di sentir dire ai contadini che è fuoco all'anima quel vento che si leva improvviso e rapidamente cade (la sensazione la rendono perfettamente questi versi – helas! – di D'Annunzio: «il vento d'estate quando ci disseta a sorsi, e nelle pause noi pensiamo i fonti dei remoti giardini ov'egli errò»), o la breve pioggia, o il bicchiere d'acqua fresca: perché poi di più si soffrirà il caldo. Più raramente ormai l'espressione viene usata nel senso proprio, originario: e cioè in rapporto alla passione amorosa e al desiderio sessuale. Nella saggezza contadina, quando si ha passione per una donna sposata o di condizione economica superiore, bisogna fuggire l'occasione, che si può fortuitamente presentare, di avere con lei un incontro, un rapporto sessuale per una volta nascostamente e rapidamente soddisfatto: sarebbe un fuoco all'anima, in quanto che la passione, invece di spegnersi, si alimenta e più divampa, come fuoco cui si aggiunga legna. Un crescere insomma, nell'anima, del fuoco della passione: preludio a quello dell'inferno, cui sempre le passioni (e non solo quelle amorose) sono condannate. Boccaccio (*Decameron*, ottava giornata, novella decima) mette l'espressione in bocca a una siciliana: «tu mi hai miso lo foco all'arma».

GALANTOMU CU LI PIEDI LIEGGI. Galantuomo dai piedi leggeri: e si dice di chi galantuomo non è, i piedi leggeri essendo quelli dei ladri (come alati, ricordando Mercurio). Ma di solito questa è battuta di chi sa, di chi conosce, a correzione e ad avvertimento di chi non sa: «Il tale è un galantuomo»; «Sì, un galantuomo dai piedi leggeri».

GRUTTISI. Grottesi. Di Grotte, paese a tre chilometri da Racalmuto; e più piccolo. I grottesi che venivano a Racalmuto erano derisi dai ragazzi con questa strofe, variamente scandita o cantata: «Grutti gruttisi / cu li corna tisi / scorcianu cani / e fannu cammisi» (Grotte grottesi / con le corna ben dritte / scuoiano i cani / e della pelle fanno camicie). Si irrideva così alla povertà dei grottesi: e davvero il paese deve essere stato poverissimo; ma nella sua povertà, più vivo di Racalmuto. Nella seconda metà dell'Ottocento, vi insorse il dissenso protestante (valdese); e il movimento socialista trovò tra contadini e zolfatari una diffusione e una forza che a Racalmuto non ebbe: al punto che nel 1893 vi si tenne un congresso dei Fasci Siciliani dei Lavoratori. E oggi, per l'intraprendenza commerciale di alcuni, Grotte è un paese più ricco di Racalmuto. In quanto alle corna, è da notare che ogni paese, pur registrandone nella sua storia e cronaca innumerevoli casi ridevoli o tragici, ne attribuisce sempre di più ai paesi vicini. Non c'è paese siciliano dove non si dica (molto meno oggi) che nei paesi vicini tutte o quasi tutte le donne abbiano l'abitudine di tradire i loro mariti e che tutti o quasi tutti i mariti subiscano i tradimenti delle mogli senza far tragedia, tranquillamente. «Cornuti pacifici», cioè cornuti che ragionano sulla propria disgrazia o addirittura ne approfittano. Ma il «cornuto pacifico» effettualmente è il prodotto di una società mafiosa. La morale sessuale del mafioso è *ragionata* fino al sofisma, rifugge dal cosiddetto delitto d'onore. E ne sono campioni – pur non essendo propriamente mafiosi – tanti personaggi delle novelle e delle commedie di Pirandello.

HANNU A PASSARI STI VINTINOV'ANNI / UNNICI MISI E VINTINOVI JORNA. Hanno da passare questi ventinove anni / undici mesi e ventinove giorni. Distico che come modo proverbiale sopravvive all'ottava che così comincia. L'intero canto si trova in più di una raccolta, ed è notissimo per la diffusione che in questi anni ne hanno fatto la radio e la televisione (quasi sempre cantato da Rosa Balistreri). Dice, in prima persona, di un uomo condannato a trent'anni di carcere, e ne ha scontato un solo giorno: con spavalda e atroce ironia sulla propria sorte. E a Racalmuto i due versi appunto si dicono a fare ironia su se stessi, quando ci si trova in una condizione che non consente fuga, quasi disperata. Anche, si dice, per i figli neonati quando sono particolarmente insonni e piagnucolosi. Ma di solito, immediatamente, si collega a un altro proverbio sui figli: «figli nichi, guai nichi; figli ranni, guai ranni» (figli piccoli, guai piccoli; figli grandi, guai grandi): a chiudere ogni speranza.

IU SURFARU SUGNU. Io sono zolfo. All'origine del detto è un mimo. A un carrettiere che trasporta zolfo dalla miniera a Porto Empedocle, un contadino chiede un passaggio. Per fargli posto sul carretto e a che il mulo non tiri peso più grave del solito, il carrettiere butta giù tre o quattro «balate» (forme a piramide tronca del peso di una ventina di chili ciascuna). Ma ad un certo punto, in salita, il mulo non ce la fa. Il carrettiere scende e dice al contadino di fare altrettanto. Ma il contadino, tranquillamente: «Iu surfaru sugnu», io viaggio al posto dello zolfo. È da presumere avesse pagato il passaggio, ché il carrettiere (violenti e rissosi erano i carrettieri) lo avrebbe se no preso a «zuttati» («zotta» era la frusta, di cordicella intrecciata e infiocchettata).

Si dice «iu surfaru sugnu» in senso fisico quando non ci si vuole scomodare; in senso morale quando non si vuol dare opinione su un dato argomento, specie se controverso o rischioso.

JTTARI 'NNIMMI. Letteralmente: gettare, lanciare enigmi. Parlare per enigmi. Ma indica una situazione in cui una persona parla per essere intesa, in mezzo a tante, solo da un'altra. È insomma un parlar minaccioso e ricattatorio che, ad eccezione della persona cui è diretto, può sembrare strano, strambo. E spesso una riunione anche conviviale di più persone si risolve in un lancio di enigmi, un incrociarsi e rimbalzare di enigmi.

LA 'NCHIUSA PI' LU MMIERNU. La provvista per l'inverno: di frumento soprattutto; ma in un tempo che sembra ormai lontanissimo. L'espressione è però rimasta nel parlar figurato, e ora attiene più al piacere che alla necessità. Si fa «'nchiusa», una volta che si va in città, di tutto ciò che la città offre e che nel paese non c'è: non più di cose, che ormai dovunque si trovano; di divertimenti, piuttosto, di spettacoli, d'incontri che abbiano del piccante.

È da notare come curiosità (ma forse meriterebbe un'indagine, come dicono i professori, «scientifica») la metamorfosi che la lettera *v* trova nella pronuncia di certe parole. Se a un racalmutese si domandasse di scrivere nel suo dialetto le parole «inverno» e «beato», certamente scriverebbe «'nviernu» e «biatu»; ma a pronunciarle ecco che diventano «mmiernu» e «miatu» («miat'iddru», beato lui; «lu sabatu si chiama allegracori, miatu cu havi beddra la muglieri», il sabato si chiama allegracuori, beato chi ha una bella moglie: distico proverbiale che i contadini e i pastori cantavano; e diceva dell'allegria di coloro che avevano bella moglie nel tornare a casa il sabato sera, ma anche, in sottinteso, della nessuna letizia di chi l'aveva brutta).

Altra osservazione da fare è la frequenza di parole come «chiuiri», «chiuisi», «'nchiusu» (chiudere, chiudersi, chiuso). La provvista per l'inverno non basta farla, bisogna chiuderla, occultarla quasi, a impedire che vi si attinga prima che vengano i giorni del bisogno. E si chiama «chiusa» una ben delimitata – da muretti a secco – estensione di terreno di solito coltivata in alternanza a grano e a fave: terreno aprico, ma chiuso. Senza dire del chiudere per gelosia, per avarizia, per rancore; e dell'usare la parola «'nchiusu» eufemisticamente, nel significato di carcerazione.

LA PIANETA. Il pianeta. Il pianeta della fortuna: foglietti di vario colore, del formato di un biglietto da visita, in cui segni zodiacali stampati in xilografia incorniciavano lusinghiere divinazioni del carattere di chi l'acquistava, predizioni di fortunati avvenimenti, fidatissimi numeri da giocare al lotto e, immancabilmente, l'avvertimento di guardarsi da una occulta inimicizia. Li offriva per le strade, suonando una trombetta di rame come quella che dava la partenza ai treni, un uomo che a modo di alabarda portava inclinato su una spalla un lungo bastone in cima al quale era una gabbietta con dentro un pappagallino e un mazzetto di «pianete». Quando le donne si affacciavano alle soglie e si mostravano tentate all'acquisto della «pianeta», l'uomo puntava il bastone a terra e cominciava a vantare la veridicità delle divinazioni e predizioni che ciascuna, per ciascuno che l'acquistasse, conteneva; la sicura estrazione, per il prossimo sabato, dei numeri che confidava. Monetine di nichel – i quattro soldi, chiamati appunto «nichili» – passavano, dalla tasca del grembiule delle donne («fallaru»), alle sue mani: e ad ognuna che ne riceveva, l'uomo dava esortazione al pappagallino di scegliere una buona «pianeta». Col becco il pappagallino estraeva dal mazzetto una «pianeta», di tra le sbarre di fil di ferro la porgeva all'acquirente, che il più delle volte non era in grado di leggerla. Ma alla donna che l'acquistava (molto raramente un uomo) non importava sapere del proprio carattere e del proprio destino: i quattro soldi li spendeva per la «pianeta» come a volte li dava allo «nnummarista», il numerista: l'uomo che per elezione di natura sapeva dare i numeri per un ambo o un terno (la quaterna o la cinquina non gliela si domandava mai: erano considerate impossibili anche alle sue eccezionali facoltà e possibili soltanto nelle rivelazioni oniriche, da parte dei familiari morti più amorosi e preoccupati per la sorte dei vivi). Il numerista (ne ricordo uno – don Liddru – dai lunghi capelli bianchi, il naso aquilino, lento gestire delle lunghe mani) dava i numeri come cadendo in trance, pronunciandoli quasi a stento li leggesse su un cartello da oculista.

Una volta, bambino che appena sapevo leggere, ho speso un nichel per una «pianeta». Mi incantava quella rozza cornice di segni zodiacali; così come, gli stessi segni e gli emble-

mi dei mesi, nel *Barbanera* che un mio zio portava in casa all'inizio d'ogni anno.
E ancora, di me, una piccola cosa: negli anni in cui l'uomo delle «pianete» passava per le strade del paese, gli esercizi di memoria che a scuola si facevano io li associavo all'immagine del pappagallino: quasi che le cose mandate a memoria fossero come i foglietti delle «pianete», e se ne stessero in mazzo nella mente, sempre più numerosi e fitti, ciascuno per venir fuori aspettando una sollecitazione, una provocazione, un comando.

L'ARMI SANTI. Le Anime Sante. Località alle porte del paese dove era una chiesa dedicata alle Anime Sante dei Corpi Decollati: e cioè dei giustiziati per mannaia o per forca. Ed è stato, quello delle Anime Sante, uno dei culti più sentiti: inconscia ma vigorosa reazione alla pena di morte. Che Anime Sante siano, per antonomasia, quelle dei giustiziati, dice il valore di martirio – tale da riscattare il delitto più infame – che il sentimento popolare attribuiva alla pena di morte. Brancati direbbe: perché una pagina di Beccaria, di Dostoevskij, di Tolstoj, non volò in soccorso di un tale sentimento?

LI CORNA SU' CUOMU LI DIENTI: DUOLINO QUANNU SPUNTANU, MA PUA SIERVINU PI MANGIARI. Le corna sono come i denti: dolgono quando spuntano, ma poi servono per mangiare. Si dice di chi per convenienza, per utile, si è rassegnato e finge di ignorare la relazione della moglie con persona facoltosa o influente.

LI COSI D'ORU. Le cose d'oro. I gioielli di famiglia, i gioielli delle nozze. Non esiste altra parola che corrisponda a gioiello. Che è un «biggiù» (bijou) si dice solitamente di una ragazza piccola, ben proporzionata, graziosa; o – indifferentemente – che è un «bisquì» (biscuit: nell'accezione di porcellana). I gioielli sono sempre cose d'oro: anche se comprendono brillanti e altre pietre di più valore che l'oro. Del resto, sono chiamati brillanti i cristalli di zolfo o di salgemma che si rinvengono nelle miniere e che, sfaccettati e luminosi, adornano – con le tazzine per il caffè decorate dalla parola «ricordo» in oro e qualche statuina della Madonna o di san Calogero – il piano di marmo dei cassettoni (chiamati «canterani» o «comò»). Per come si dice proverbialmente: «l'oru è sempri oru e sempri luci» (l'oro è sempre oro e sempre splende: detto più spesso per la virtù che per l'oro vero e proprio).

LISCIARI. Parola intraducibile con altra italiana e da pronunciare con l'accento sulla prima i. Sono i «lìsciari» (raramente al singolare, «lìsciaru») i frammenti di ceramica – resti di piatti, tazze o boccali – che si rinvengono nella campagna. Ma era, la ricerca dei «lìsciari», gioco infantile: gara a chi ne trovava di più, di più intero disegno o di colore più vivido. Facevano anche da posta per altri giochi o scommesse e venivano, da collezionista a collezionista, scambiati a misura di bellezza e di rarità. Nell'uso degli adulti, la parola non esiste. Ma non esiste più, ormai, nemmeno per i bambini.

LU CANI DI DON MILIU. Il cane di don Emilio. Di don Emilio Messana: piccolo proprietario terriero che nulla facendo (come tutti i «galantuomini» del paese: piccoli proprietari che riuscivano, senza mai lavorare, a vivere grazie a una forma di mezzadria che al contadino lasciava appena di che sfamarsi) passava molto del suo tempo in una farmacia: come in un circolo, poiché pochissimo da fare avevano allora le farmacie. E le ore che lui passava nella farmacia, il suo cane – un grosso bastardo che sempre lo accompagnava – le passava fuori, davanti alla porta, acciambellato («a cuddrura»: e cioè propriamente a ciambella) in un profondo sonno. E così acciambellato morì: nessuno per ore, o forse addirittura per giorni, accorgendosi che era morto. Sicché si dice: «murì a cuddrura comu lu cani di don Miliu» (morì a ciambella come il cane di don Emilio) di chi muore nel proprio letto e nel sonno, senza dare altro fastidio ai familiari che quello del funerale. E i vecchi spesso invocano una morte come quella del cane di don Emilio. Ma si dice anche ironicamente, a elogio funebre di chi, avendo passato nell'ozio la vita, acciambellato nell'ozio e senza che nessuno se ne accorga passa alla morte.

LU CANI DI PINU. Il cane di Pino. Del pasticciere Pino. Contemporanea a quella del cane di don Emilio, l'esistenza del cane di Pino è rimasta invece nella memoria collettiva come emblema di una pigrizia coltivata, ben nutrita, fortunata, invidiabile. Era un grosso cane bianco. Pur non disdegnando di rosicchiare qualche osso della vicina macelleria, suo principale nutrimento erano i «taralli» (biscotti rivestiti di zucchero che i Pino facevano con una ricetta rimasta segreta: fragili, freschi, di soavissimo gusto), quando, nel continuo smercio, versati dalle grandi bocce di vetro sulla bilancia, qualcuno sempre ne cadeva per terra. Da un tale nutrimento si credeva gli venisse una possanza erotica da tutti constatata come inesauribile. Citato dunque come caso da invidiare, come esistenza cui aspirare: qualche volta nei discorsi sul lavoro, sulla fatica; più spesso nei discorsi sulle donne.

LU CANNUNI. Il cannone, la grande canna. Così è chiamato a Racalmuto il torrione del castello chiaramontano e, per estensione, il castello intero (quel che ne resta) e il quartiere che lo circonda. E credo si chiamassero così dovunque, in questa parte della Sicilia, sia le tor-

ri dei castelli che quelle di guardia: solo che, distrutti castelli e torri, in certi paesi (come per esempio a Siculiana) la parola è rimasta ad evocare una mitica arma da fuoco postata a minaccia sull'altura dove invece era il castello.
Al cannone-torre si riferisce il verso «Vitti na crozza supra lu cannuni» (ho visto un teschio sulla torre), di un canto popolare riesumato in questi anni; che a chi non sa fa piuttosto pensare a un cannone-arma da fuoco decorato del piratesco emblema di un teschio: e si tratta invece del teschio di un giustiziato. Nelle giustizie feudali si usava attaccare la testa dell'uomo su cui era stata eseguita sentenza di morte alla torre del castello e, se di un qualche brigante che aveva terrorizzato anche le terre vicine, i quarti alle porte del paese.

LU CRASTU DI PASQUA. Il castrato di Pasqua: che ignaro bela mentre c'è chi affila il coltello per sgozzarlo. Si dice di chi, tranquillo, ignora il tradimento della moglie. Ma al plurale – «crasti di Pasqua» – siamo tutti: incapaci di ribellione mentre il governo si prepara a sgozzarci con tasse, leva militare, guerra.

LU CURNUTU A LU SO PAISI, LU SCECCU UNNI VA VA. Il cornuto nel proprio paese, l'asino dovunque vada. Cioè: il cornuto è conosciuto come tale soltanto nel proprio paese, ma il cretino lo si conosce subito e ovunque. Vi è implicita l'esortazione a mutar paese per il cornuto, a restarsene nel proprio per il cretino.

Detto quasi scomparso, ormai: poiché si può dare già per estinto, nonostante qualche sporadica – e generalmente disapprovata – sopravvivenza, il pregiudizio per cui il comportamento di una moglie, di una sorella, di una figlia dava patente di cornuto all'uomo cui più direttamente spettava la tutela dell'onore familiare (a meno che non se ne riscattasse uccidendo); e di estrema difficoltà il distinguere oggi i cretini, e per il numero e per la qualità. Moltissimi; e i più riescono a darsi vernice d'intelligenza.

LU PISCI DI LU MARI / È DISTINATU CU SI L'HAVI A MANGIARI. Il pesce del mare / è destinato chi lo deve mangiare. Il singolo pesce.

Nell'immenso mare, tra le miriadi di pesci (ad iperbole della quantità si dice «quantu li pisci nni lu mari», quanti i pesci nel mare), l'onnipotente e onnipresente destino ha già numerato, scelto, indirizzato. Ma il proverbio non dice soltanto di un bene di cui qualcuno imprevedibilmente gode; è anche metafora dell'uomo nel mare della vita: che sembra andar libero e d'arbitrio, ed è invece dall'eternità già segnato, già destinato.

LU PUORCU ALL'ORGANU. Il porco all'organo. Che suona, in chiesa, l'organo: naturalmente dissonando. Si usa dire di persona la cui presenza non si addice al luogo, all'occasione, alla compagnia e che, invece di sentire disagio, si fa invadente, si esibisce, guasta. Ma anche di chi, nella generale scomodità, prende un posto comodo.

LU QUINNICI D'AGUSTU / LA ROSA SPAMPANATA / MARIA LA 'MMACULATA / 'NCELU SI N'ACCHIANÀ. Il quindici d'agosto / la rosa spampanata / Maria l'Immacolata / al cielo se ne salì. Strofetta che si cantava il giorno dell'Assunzione, quando del ferragosto – nonché la fuga oggi d'obbligo verso le infami spiagge – non si sapeva nemmeno il nome. Era soltanto il giorno dell'Assunta: e in campagna, a sera, si accendevano allegre fiammate (le «vampe»: a Racalmuto sempre in gloria di Maria, e quindi anche l'8 settembre).
È da notare che l'espressione «rosa spampanata» si usa solitamente ad apprezzare una bellezza femminile appena segnata dagli anni, leggermente sfiorita ma ancora avvenente. «Nu pocu pocu appassuliatella», direbbe Di Giacomo. E così l'anonimo verseggiatore immaginava la Madonna al momento in cui il cielo l'accoglieva.

LU SCECCU DI SILIVESTRU. L'asino di Silvestre. Di Silvestre Restivo, acquaiolo. E il mestiere di acquaiolo era praticato da tanti, fin oltre il 1950: da quelli che l'acqua andavano vendendola dalle botti messe sui carretti a quelli che la portavano in brocche da venti-venticinque litri sulle spalle (le donne invece portavano le brocche di dieci-quindici litri dritte sulla testa: in bilico, appena mantenute dalla mano). Silvestre si serviva invece di un asino, che caricava di quattro brocche di zinco tenute al basto da una catena a croce di Sant'Andrea. Facevano questo lavoro, lui e l'asino, dall'alba al tramonto; e per tutte le ore del giorno le strade del paese risuonavano del raglio dell'asino: alto, accorato, straziante. E si credeva ragliasse per foia. Da ciò il modo di dire: «comu lu sceccu di Silivestru» (come l'asino di Silvestre), a qualificare quei personaggi sempre in preda a smanie erotiche. Ma si dice anche per chi blatera continuamente e inutilmente. (L'asino di Silvestre, mentre tendeva il collo e levava e storceva la testa nel raglio, era per me bambino immagine e grido di un dolore senza nome).

LU SCECCU ZUOPPU SI GODI LA VIA / LA MEGLIU GIUVINTÙ A LA VICARIA. L'asino zoppo si gode il cammino / la meglio gioventù finisce alla Vicaria (la prigione palermitana d'epoca borbonica). Questo distico ammonitore generazioni di giovani se lo sono sentito ripetere dai genitori, dai nonni, dagli zii, dagli amici di famiglia e dagli insegnanti: a raccomandazione di prudenza nei riguardi del governo, della polizia, della religione e di chiunque avesse autorità. A me lo ripeteva la mia nonna materna, negli ultimi anni del fascismo. Non sono finito alla Vicaria (che sarebbe stata la Vicaria Nuova, e cioè il carcere dell'Ucciardone); ma non è detta l'ultima parola, in fatto di governi, di polizie e di religioni che non tollerano dissenso.

MA CHI FUVU N'ANTRU? Ma che sono stato un altro? Frase che si dice a pentimento di un atto generoso restituitoci a danno, di una confidenza mal riposta, di un cedimento - ma sempre poco meno che vergognoso, moralmente o intellettualmente - a un'effimera tentazione, a un suadente inganno. Non io ci sono cascato, ma l'altro che sta con me. Per dirla con Machado: «Ma cerca nel tuo specchio l'altro, l'altro che è insieme a te». Per atti o parole di cui invece c'è da vergognarsi, a raccontarli (mai però spontaneamente) li si punteggia di «Iu non fuvu iu», io non sono stato io.

MAMMATESSA. Nome che si dà a una farfalla dalle ali gialle, orlate e macchiate di nero, il cui volo, lento e quasi assorto, si fa rapido, guardingo e imprevedibile appena qualcuno le si avvicina. Difficile dire da che tal nome le venga: forse dal francese «maîtresse» (la farfalla padrona, la farfalla più bella che nella campagna di Racalmuto si conosca); forse dalla monna Tessa della novella prima della settima giornata del *Decameron* (donna libera e astuta, che riesce a non farsi cogliere in fallo dal marito). Può anche darsi origine meno dotta, e che si volesse familiarmente distinguerla dalle altre denominandola «la mamma che tesse», «mamma tesse»: mamma perché rara, solitaria e più grande di tutte le altre, meno rare e vaganti in due o tre assieme; e il tessere per il volo quasi regolare, da spola sul telaio, che mantiene quando nessuno le si avvicina: avanti e indietro in uno spazio come misurato, della misura di un grande tappeto.

MILUCCHISI. Gli abitanti di Milocca, paese a quindici chilometri da Racalmuto ma in provincia di Caltanissetta che dal governo fascista ebbe mutato il nome in Milena (chi sa perché). Ma i racalmutesi continuano a chiamare Milocca il paese e milocchesi i suoi abitanti. Ma senza irrisione, ormai. Un tempo (non tanto lontano che io non me ne ricordi) venivano i milocchesi, tutti contadini, a vendere il frumento a Racalmuto: e dal ricavato compravano dai «pannieri» (negozianti di tessuti) fustagni, velluti e cotonine. Per loro, i «pannieri» racalmutesi alzavano i prezzi: poiché li consideravano di ogni cosa ignoranti. La loro parlata caratterizzata dal mettere generalmente la *e* dove i racalmutesi mettono la *i*, era considerata comica quanto la loro goffaggine da «villan quando si inurba» (esempio: dicevano «melocchese» invece di «milucchisi»). Racalmuto, insomma, coi milocchesi la faceva da città.

MINNI DI SCLAVA. Mammelle di schiava. Vien da pensare ai films erotico-coloniali (o erotico-anticoloniali, che son la stessa cosa). Si tratta invece della denominazione che hanno certi fichi: di pelle nera e serica, di forma allungata e grandi più del tipo detto «'ncurunata», che è il più diffuso nella campagna di Racalmuto. Non ho trovato altrove simile denominazione; e poiché ho ragione di ritenerla antica, vuol dire che prima del cinema qualcuno a Racalmuto aveva avuto visione o descrizione del corpo nudo di una giovane schiava.

MISERICORDIA DISSIRU LI GRIDDRI / QUANNU SI DETTI FUOCU A LI RISTUCCI. Misericordia dissero i grilli / quando si diede fuoco alle stoppie: a mietitura del grano finita e a preparazione del maggese. I grilli che tra le stoppie stanno.

Si dicono, questi due versi, in situazioni senza scampo. E la parola misericordia non è invocazione, ma constatazione che appunto non c'è scampo. Come dire: sono spacciato, siamo spacciati. Peraltro, quasi mai la parola viene usata nel senso cristiano delle opere: dell'operare elargendo misericordia e nello sperare di ottenerne nell'altra vita (Lucia all'Innominato: «Dio perdona tante cose, per un'opera di misericordia!»). È parola senza luce di speranza. Quando si è alla misericordia, la caduta è definitiva, la fine certa. Invece che la dottrina cristiana delle sette opere di misericordia, credo affiorino nella parola le immagini del pugnale così chiamato e degli incappucciati, della Compagnia della Misericordia, che assistevano sul patibolo i condannati.

MITTIRI LOGGIA. Propriamente il metter su, con tavole ad incastro, una baracchetta in cui esporre al mercato la merce. Ma l'espressione si usa ormai soltanto in senso figurato, per dire di chi abusa dell'altrui ospitalità. «Mette loggia» chi arrivando in casa altrui si comporta come nella propria, o addirittura peggio: così come una volta facevano i mercanti che «mettevano loggia» nel paese durante le feste; e vendevano più caro di quanto avrebbero venduto nella città in cui risiedevano. Memoria familiare: mio nonno comprò alla loggia di un gioielliere palermitano le «cose d'oro» che regalò a mia nonna da fidanzato (ne restano gli orecchini, bellissimi); più tardi, alla loggia di un chincagliere pure palermitano, un servizio di piatti decorato da un volo di rondini, azzurro su bianco, tanto numeroso che ancora ne usiamo. I mercanti che venivano a «mettere loggia» nel paese vendevano dunque, anche se esosamente, cose di durevole bellezza.

MITTISI A PETTINI DI QUINNICI. Mettersi a pettine di quindici. Alla lettera, oggi, sembra non aver senso; ma resta come metafora del mettersi volontariamente in una situazione difficile e dolorosa. Si può arguire che un pettine di quindici denti fosse elemento della rudimentale macchina per scardassare lana e cotone. Straziante, a farsene distrattamente cogliere. Mettercisi di volontà, dunque, una atroce sciocchezza: e perciò la frase viene sempre pronunciata con tono ironico, beffardo. Come giudizio negativo – e compiaciuto – sull'intelligenza di chi ci si è messo.

'MMUCCA A UN CANI. In bocca a un cane. «Lu vitti 'mmucca a un cani» (l'ho visto in bocca a un cane), è la scherzosa risposta che si dà a chi cerca qualcuno e ne domanda.

MONSÙ. Monsieur. Era, nelle famiglie gentilizie, il cuoco. Dei «monsù» dei Matrona si favoleggiava ancora nella mia infanzia; e di uno in particolare, inventore di una confettura di pomodoro a segreta ricetta e di supremo sapore.

NADURISI. Col nome di Naduri (certamente arabo) i racalmutesi hanno sempre chiamato Bompensiere, piccolo paese in provincia di Caltanissetta e distante una diecina di chilometri da Racalmuto. Nadurisi, quindi, gli abitanti. Venire dal Naduri era come venire da una sperduta contrada di campagna: essere dunque zotici e sprovveduti. Quasi peggio dei milocchesi. Dal Naduri è venuto a Racalmuto il nonno di mia nonna, Leonardo Sciascia: da contadino che era stato, a Racalmuto intraprese il mestiere di conciatore di pelli, pure commerciandole.

'NA MANU LAVA L'ANTRA E TUTTI DU LAVANU LA MASCARA. Traduzione del detto italiano «una mano lava l'altra e tutte e due lavano la faccia», ma con una essenziale variante: la maschera al posto della faccia.
Luigi Pirandello intitolò il suo teatro *Maschere nude*. Nude, tolte le maschere, dovrebbero essere le facce. Sono invece invisibili, ignote, forse non esistono. Non ci sono che maschere. Non siamo che maschere.

NARISI. Di Naro, grosso comune in provincia di Agrigento: distante da Racalmuto circa venticinque chilometri ma molto frequentato dai racalmutesi e perché andavano a vendervi il sale (e infatti a Naro i racalmutesi sono semplicemente chiamati «salinari») e perché ogni anno molti vi si recavano (e vi si recano) in pellegrinaggio per rendere omaggio a un miracolosissimo santo cui i naresi dedicano un fanatico culto. Nero di volto e di veste, bianca la lunga barba, un lungo bastone in mano, san Calogero eremita è considerato in tutta la provincia il santo che sa meglio intercedere per la guarigione delle ernie. L'altro san Calogero venerato ad Agrigento, e ancor meno quello venerato a Sciacca, nessuno che non sia di Agrigento o di Sciacca li prende sul serio. Si dice: «San Caloiru di Girgenti / fa li grazii e si nni penti / san Caloiru di Naru / fa li grazii a cantaru» (san Calogero d'Agrigento / fa le grazie e se ne pente, / san Calogero di Naro / fa le grazie a quintali: con generosità, con abbondanza).
Su Naro e sui naresi ci sono a Racalmuto tre detti. Il primo riguarda la festa di San Calogero: «A Naru ca c'è la riebbrica» (a Naro che c'è la replica). La «riebbrica» della festa: poiché il 18 giugno c'è la festa grande; otto giorni dopo, il 25, la replica. Ma più dimessa, senza l'accorrere dei devoti dai paesi vicini. La frase si usa dire ai bambini quando tornano a chiedere un dolce o la ripetizione di un gioco. Ai grandi quando, non soddisfatto il primo, ricorrono per un secondo prestito: di

denaro, di utensili. Spesso abbreviata in «A Naru», ed esclamativamente.
Il secondo detto è alquanto, per i naresi, offensivo: «aviri du porti comu li narisi». Avere, cioè, due porte come i naresi: poiché tale era, secondo i racalmutesi, la rilassatezza dei costumi a Naro, il libertinaggio in cui si viveva, che le case tutte venivano funzionalmente costruite con due porte: una da cui entrava il marito, l'altra da cui usciva – al rientrare del marito – l'amante. Si dice di chi ha moglie infedele e finge di non sapere; ma anche di chi ha doppiezza di carattere.
Il terzo, «a iddru ca è narisi» (letteralmente: a lui, poiché è narese), vale: dategli addosso, picchiatelo; oppure: lo picchiarono tanto, in molti e giustamente. Ricorda, mi è stato detto a Naro, un momento di rivalità, intorno al 1850, tra Naro e il vicino (e più grande, e più ricco) paese di Canicattì: e scoprire un narese a Canicattì, era tutt'uno col caricarlo di botte.

'NCAPU A LU RE C'È LU VICIRÉ. Aldisopra del re c'è il viceré. Paradosso di assoluta verità, nella storia delle regioni meridionali. Il re lontano, il viceré presente. Il re che ha da rendere conto soltanto a Dio: e dunque buono e giusto quando sa, quando riesce a sapere, quando si riesce ad arrivare fino a lui. Ma c'è di mezzo il viceré: di fatto più potente, se può impedire che istanze, proteste e suppliche arrivino al re e se al re può consigliare l'ingiu-

stizia, la durezza, la frode: o commetterle in suo nome.
Partendo da questa antica verità, gli esperti in raccomandazioni, regredendo di vice in vice, hanno scoperto che uscieri, autisti e camerieri stanno aldisopra di ogni burocratico o politico monarca: coltivano perciò amicizie che possono apparire strane, e sono invece utilissime.

'NCAPU CAPPA MINNULICCHIA. Sopra la cappa la mandorla verde. Non senso che risponde all'altrui non senso. Per arginare, fermare e riportare al punto di partenza un discorso che stravaga: e specialmente di chi, avendo torto, si arrampica a cercare ragione. L'immagine, che appare surreale – una cappa ecclesiastica (quella specie di mantello con cappuccio di dietro, di panno blu e foderata di felpatino rosso, è chiamata invece «cappuccia») con sopra una piccola mandorla verde – forse non lo è tanto, se vuole figurare una vuota solennità retta da piccolissima mente. La «minnulicchia» è la mandorla tra aprile e maggio, quando la scorza è tenera e lo spicchio ancora gelatinoso: gradevole nel sapore, fresco e leggermente acidulo, ne fanno scorpacciate i ragazzi, specialmente nelle mattinate in cui marinano la scuola.

'NCRUCI E 'N NUCI. In croce e in noce. Ma è meglio tradurre «in croce e in nuce», poiché si vuol dire di un argomento che è stato esaminato in estensione e in essenza; di una inquisizione meticolosa e sottile; di una ricerca esaustiva e, spesso, di nessun risultato. Equivale allo spaccare in quattro un capello.

NESCIRI LU CORI. L'uscire del cuore: per il forte desiderio di qualcosa che non si ha, come per raggiungerla. La maggiore attenzione, a che non gli esca il cuore per il desiderio che il profumo di certi cibi suscita, è devoluta ai bambini (naturalmente: poiché forse quella siciliana sarebbe da definire una società puericratica): anche dai vicini di casa, quando sfornano pizze e dolci o friggono «sfinge» (le «paste cresciute» napoletane), arancine di riso, polpette: tutto ciò, insomma, che dà acuto e diffuso odore. Ma l'espressione viene anche usata in senso sentimentale e morale: «mi nesci lu cori di vidila», mi esce il cuore dal desiderio di vederla (una persona da tempo lontana); oppure: «mi nesci lu cori di nun sentilu lamintari», di non sentirlo lamentare (per qualche familiare che di ogni cosa e continuamente si lagna).

'NFACCIALARISI. Nel dialetto siciliano «'nfaccialarisi» è il travisarsi di chi, nel commettere azione illecita, non vuol correre il rischio di essere, al momento o nel rimemorare, riconosciuto. Per facile italianizzazione, «infaccialarsi».
Specialmente nei delitti che si commetteva-

no nell'ambito di comunità ristrette, nel paese e da persone del paese, l'«infaccialamento» era consueta precauzione. E, per come si faceva, pur se non impediva l'immediato riconoscimento, lo rendeva però dubbioso in sede giudiziaria: anche se la vittima di una rapina o i testimoni di un omicidio si dicevano certi dell'identità dei delinquenti, l'aver preliminarmente dichiarato che erano «infaccialati» consentiva agli avvocati di difesa il gioco di insinuare il dubbio, di confondere, di portare anche alla ritrattazione – e persino con sollievo – persone che già del loro accusare erano sufficientemente impaurite e pentite. Non impediva di solito l'immediato riconoscimento, la precauzione di «infaccialarsi», poiché consisteva nell'annodarsi alla nuca, coprendo soltanto il naso e la bocca, uno di quei grandi fazzoletti da naso (quasi sempre rossi e a «pois» bianchi) che i contadini usavano, più che per il naso e per stabaccare, a legarseli intorno al collo nel lavoro di trebbiatura: piegati in due a triangolo; e l'angolo che restava libero e cadeva sul mento facilmente si sollevava al fiato del parlare o a un colpo di vento. Rarissimi i casi in cui si ricorreva a maschere del carnevale: di solito, appunto, nei giorni del carnevale.
Vennero poi, col nailon, i travisamenti in calzamaglia: che è da credere fossero alquanto soffocanti. Ma il problema è stato oggi risolto, nel modo più sicuro e tranquillo, dalla legge dello Stato che obbliga i motociclisti a portare il casco. Legge illuminata, come già cominciano a constatare i cittadini – particolarmente – di Palermo e Catania. E c'è da

credere che scrupolosamente l'osservino coloro cui è arrivata come una provvidenziale facilitazione del lavoro al quale assiduamente si dedicano: gli scippatori, i rapinatori, i killers. Cittadini esemplari, riguardo al casco: mentre non pare lo siano quelli cui il casco non è strumento professionale, i tanti giovani che si vedono andare in motocicletta col casco tra i piedi o, se dietro, sottobraccio. E si può anche immaginare che, vedendosi passare davanti gli inosservanti motociclisti, invece che tirar fuori il bollettario delle multe i carabinieri tirino un respiro di sollievo.
C'è una novella di Boccaccio cui questa legge sul casco, vista da qui, irresistibilmente mi richiama, ed è la seconda della terza giornata, quella che il titolo così riassume: «Un pallafreniere giace con la moglie d'Agiluf re, di che Agiluf tacitamente s'accorge; truovalo e tondelo; il tonduto tutti gli altri tonde, e così campa della mala ventura». La legge è come se avesse tonduto tutti i motociclisti, dando così a scippatori, rapinatori e killers altre probabilità di campare alla mala ventura, oltre quelle che già avevano.
Non si vuole con ciò dire che il casco non sia acconcia prevenzione di esiti letali degli incidenti motociclistici; si vuole soltanto sottolineare quel rovesciarsi in negativo che ogni innovazione, sia pure quella che appare la più giusta, in Italia comporta. Quasi una fatalità. Sicché viene da invocare che non si facciano più leggi che innovino, che riformino, che si prendano a cuore la salute e la sicurezza, l'istruzione e l'educazione dei cittadini.

'NGIURIA. Ingiuria. Ma è il soprannome, di solito ingiurioso. Il Pasqualino da «'ngiuria» rimanda a «ingiuria»: «offesa volontaria contro il dovere»; e l'«ingiuriari» definisce come «nuocere ad altrui spontaneamente, fuor di quello che determina la legge». Non sappiamo nel palermitano (quasi tutti i vocabolari siciliani riguardano l'area palermitana), ma qui la «'ngiuria» è univocamente il soprannome, e lo «'ngiuriari» l'inventare un soprannome o il chiamare una persona per soprannome invece che per nome. Ed è senz'altro vero che il soprannome nuoce: ma tutti i cognomi non furono in origine soprannomi? L'imporre soprannomi, l'ingiuriare, altro dunque non è che un rinnovare i cognomi adeguandoli ai caratteri costitutivi – fisici o morali – di uno o più membri della famiglia.
Molti anni fa, un barbiere era nel paese alacre, maligno e temutissimo inventore di soprannomi: qualche soprannome da lui inventato si ritrova persino negli atti catastali. La vendetta gli arrivò col soprannome di nasone – «don Liddru nasuni» – che del tutto gli oscurò il cognome: ma fu banale soprannome, di fronte a quelli, intelligenti e feroci, da lui inventati.

'NGULIARI. Il donare a ristoro della gola. Ai bambini: in cambio di un qualche servizio o a riscatto della quiete, del silenzio. Promessa spesso non mantenuta o avaramente: «ti 'ngulìu», ti farò addolcire la gola (qui è da osservare che nel dialetto siciliano i verbi, le azioni, non sono mai al futuro: fatto linguistico-esistenziale di grande rilevanza; uno di quei fatti che dice *tutto*), se mi farai questo servizio, se te ne starai in silenzio, se mi lascerai tranquillo. E il dono consisteva di solito in una manciata di mandorle, di noci, di fichi secchi. Più raramente in qualcuno di quei biscotti a forma di S cosparsi di semi di finocchio, che si compravano dalle monache del Collegio di Maria. Sotto le feste di Natale, magari in uno di quei dolci a forma circolare («cuddrureddri») farciti di fichi secchi. Riguardo agli adulti, l'espressione viene usata ironicamente, malignamente: sottintende denaro e corruzione. Quando qualcuno ottiene quel che non gli tocca, si sospetta sempre che abbia «'ngu-liato» l'amministratore, il funzionario, l'uomo politico, il giudice. In questo solo senso oggi l'espressione sopravvive, poiché è ormai impossibile ottenere qualcosa dai bambini con la promessa di ristorar loro la gola.

N'HA FATTU QUANTU CICCU AGNIEDDRU. Ne ha fatte quanto Ciccu Agnieddru. Per dire di una persona dai tanti trascorsi, prevalentemente venerei e comunque veniali, che improvvisamente si presenta come ravveduto e, per di più, moraleggiando. Di Ciccu Agnieddru (Francesco Agnello), personaggio realmente esistito negli anni precedenti a quelli di cui ho memoria, non si sa molto. Pare fosse stato in gioventù dedito all'ozio, alle donne, al gioco; e che questo suo modo di vita abbia preso risalto e sia stato assegnato alla fama dal contrasto con una vecchiaia morigerata e devota. Evidentemente, il pentimento non è bastato a far dimenticare i suoi peccati: è servito anzi a rinverdirne, per più generazioni, la memoria.

NUN C'È SCURU, NUN C'È FUDDRA / CA NUN C'È LU PARRINU CIPUDDRA. Non c'è buio, non c'è folla / in cui non si trovi padre Cipolla. Non si tratta del padre (frate) Cipolla della novella decima della sesta giornata del *Decameron* (ma «nomen omen», è da riconoscere): ho ricordo preciso di questo padre Cipolla racalmutese, parroco della chiesa di San Francesco. Alto, i piedi grandi e divaricati nel passo da far pensare a Charlot, d'estate sempre aureolato da un grande ombrello grigio. Faccendone, intraprendente: acquistò con poco denaro il castello chiaramontano con l'intenzione di abitarvi e di allogarvi asilo d'infanzia e scuola confessionale, ma ad altro non riuscì che a devastarlo; fondò una banca intitolata, mi pare, all'Immacolata, ma la portò al fallimento facendo perdere la fede a tutte le pinzochere che vi avevano depositato i loro risparmi. Non molto ben visto dai fascisti per essere stato, nel paese, anima del Partito popolare di don Sturzo: e forse, più che alla sua intemperanza, a questo suo trascorso è da attribuire la rovina in cui cadde.

NUN MI FUTTINU: DINTRA CI SU' LI CAVADDRI. Non mi fottono (non me la fanno): dentro ci sono i cavalli. Frase pronunciata da don Camillo Picataggi il 3 novembre del 1880, al passaggio del primo treno dalla stazione ferroviaria di Racalmuto. Il vecchio galantuomo, che mai era uscito dal paese, si era sempre rifiutato di credere che «una pentola che bolle» potesse muovere altro che il coperchio, e figurarsi una teoria di carri grandi come case. Quel giorno, alla stazione, finalmente di fronte a una locomotiva, tutti si aspettavano si arrendesse; ma don Camillo, dopo un momento di perplessità, pronunciò quella frase, rimasta nel parlare popolare a significare gratuita e testarda diffidenza, in genere; oscurità di mente nei riguardi del progresso, in particolare.

'NZIRTARI. Insertare. Il lavoro di far serto. (Tommaseo dice: «Serto: e di regnanti, e di poeti, e d'uomini illustri; piuttosto del verso». Ma per chi si facevano serti, a Racalmuto?). E doveva essere lavoro difficile, delicato, arduo, se la parola ha ormai il solo significato di indovinare, di cogliere il giusto senso, di far centro. Si «'nzerta» (secondo il tempo e la persona la *i* diventa *e*) una strada in città sconosciuta, un giudizio su avvenimenti o persone che appena conosciamo, una previsione che poi si realizza, lo scioglimento di giocosi enigmi, un bersaglio. A volte, infallibilmente, con parola o con arma, un bersaglio umano. Si può anche «'nzirtari» un matrimonio: ma nei casi in cui è combinato da un paraninfo o da parenti; o improvvisato per calcolo e stravaganza insieme: come nella commedia di Pirandello *Ma non è una cosa seria* (non c'è fatto pirandelliano che in questa parte della Sicilia, prima o dopo Pirandello, non sia realmente accaduto; e magari, con qualche variante, più di una volta). Altri matrimoni - tutti gli altri - non sono da considerarsi «'nzirtati»: a giudizio, sempre, di uno dei due coniugi, e spesso di entrambi.

'NZITARI. Fidanzare. Sposare. L'azione di familiari, amici o paraninfi per combinare un fidanzamento e un matrimonio. Ma se «si 'nzità» o «si 'nzitaru» vuol dire che fidanzamento e matrimonio accadono senza altrui suggerimento e mediazione: amoreggiamento che passa dalla clandestinità all'ufficialità e al sacramento. «Zitu» e «zita» sono i fidanzati, gli sposi. Ma «zita» è anche la cerimonia del matrimonio («iri a la zita» = andare a un matrimonio). E forse perché di solito si preparava per i pranzi di nozze, «zitu» è chiamato un grosso maccherone, il più grosso che si facesse una volta dai pastai (nella mia infanzia la pasta si comprava di giornata, appena asciutta) e che oggi raramente si trova nelle confezioni industriali. Lo «zitu» di solito si condiva con sugo di estratto di pomodoro e carne di maiale; e vi si grattugiava sopra il pecorino pepato.
Si dice «'nzitari» anche come sinonimo di innestare: ma soltanto per un certo tipo di innesto, quello - se non ricordo male - che in italiano si dice «a gemma».

O SANTA LAGNUSÌA 'UN M'ABBANNUNARI / CA MANCU SPIERU ABBANNUNARI A TIA. O santa pigrizia non mi abbandonare / che io pure spero non abbandonarti. In prima persona: ma di solito usato a deridere e condannare l'altrui pigrizia. Distico che i padri ripetevano ai figli, i «mastri» ai loro aiutanti; e i contadini ne facevano canto – sulle stesse note dei canti d'amore o di sdegno – nelle ore di lavoro, le più calde e affannose: per rabbia contro i padroni che non lavoravano, per amara ironia su se stessi al lavoro dannati; ma forse anche per non dimenticare la santa esistenza del riposo, dell'ozio.

Ma bisogna distinguere: la parola «lagnusìa», se pronunciata a riconoscimento di una nostra passione, la si può assumere e tradurre – venialmente, leggermente – in pigrizia; ma quando la riconosciamo in altri, e la muoviamo in accusa, viene a caricarsi del più greve significato di accidia, di vero e proprio vizio capitale secondo la morale cattolica, di passione più di tutte le altre violenta secondo La Rochefoucauld. Se in preda alla «lagnusìa», io sono in un momento – un momento che può durare tutta una vita – di ozio felice, e in diritto di goderne; ma l'altrui «lagnusìa» è proprio l'accidia nella definizione del Tom-

maseo: «Mancanza di quella cura che al bene dobbiamo: mancanza a cui segue per necessità certa cupa tristezza e tepidezza nojosa, che rende l'uomo men atto all'adempimento pur dei sociali doveri».
Abbiamo ricordato La Rochefoucauld: e lo ricordiamo ancora per avvertire che l'indulgenza verso se stessi è, in queste contrade, ipertrofica. Impossibile, dice La Rochefoucauld, è sondare la profondità dell'amore di sé, i suoi tenebrosi abissi. Ma a leggere Pirandello non si direbbe: il teatro – il teatro qui «inventato» da Pirandello: e non ci riferiamo soltanto alle opere propriamente teatrali – non è che una completa rappresentazione dell'amor proprio.

PAPUOCCHIU. Soprannome di un contadino, vissuto tra la fine del secolo scorso e il principio del nostro, che aveva fama di infallibilità nelle previsioni meteorologiche. Si dice: «e cu è, Papuocchiu?» (e chi crede di essere, Papuocchiu?) di chi si azzarda a far previsioni sul tempo: ma ironicamente, e specialmente del meteorologo della televisione, le cui previsioni quasi mai si vedono nella zona avverarsi. Ma c'è da dire che forse, da vivo, Papuocchiu non fu creduto più di quanto sia oggi creduto il meteorologo della televisione: poiché tutt'altro che infallibilità segna il soprannome, se «'mpapucchiari» vuol dire imbrogliare e Papuocchiu, dunque, imbroglio.

PARLA QUANTU UN JUDICI POVIRU. Parla quanto un giudice povero. Si dice di chi parla troppo e vanamente. Espressione d'origine alquanto misteriosa: a meno che non la si voglia riferire ai tempi in cui i giudici venivano annualmente eletti dai «burgisi» (borghesi, approssimativamente: e cioè contadini proprietari e comunque, anche se d'altro mestiere, proprietari terrieri): e si capisce che i più poveri – tra quelli per istruzione in grado di concorrervi – tenessero alla carica e per guadagnarsela mostrassero facondia e vi gareggiassero. Giusto come, dopo il 1860, i candidati alle elezioni amministrative e politiche. Ed è evidente che nell'attributo «povero» è da vedere malizioso giudizio su chi povero non vuol restare e delle parole si serve per ingannare.

PARLARI AD ONTI. Parlare ad onta. Ma per come la parola viene pronunciata, e per essere stata elevata a categoria del linguaggio e del comportamento, è da trascrivere «adonti». È un parlare di non velata e traslucida ironia come quello «a ganga»; ma di diretta ironia e dispetto, offensivo, da far vergognare la persona cui è rivolto. E ci sono anche le azioni fatte «adonti». Se, per esempio, qualcuno sta dando prova di avarizia, dimostrarsi subito generosi o prodighi è risposta «adonti», a sua vergogna.
Discorsi e azioni «adonti» specialmente fioriscono in quel mondo femminile, in quel gineceo che è il «vicinato»: tra le vicine di case che di solito in armonia si radunano, ma qualche volta esplodono in fieri litigi.

PARLARI A GANGA. «Ganga» (la seconda g che appena si sente, come fusa ad un'altra n) è il dente: ma il «dente da lato, mascellare, molaris dens» (Pasqualino). Parlare col dente, dunque, coi denti: mordendo, lasciando d'ironia, di sarcasmo, sanguinoso segno.

PIGLIARI DI LINGUA. Prendere per la lingua. Immagine metaforica che dice di un modo di far domande, di condurre un interrogatorio: tanto abilmente da far cadere in contraddizione una persona, da farle dire quel che voleva nascondere o mistificare. Un modo, insomma, di inquisire accortamente, sottilmente. Da ciò, nel mondo contadino, la regola del silenzio di fronte a chi fa il mestiere di *prendere per la lingua*, di far cadere una persona nella trappola delle *parole dette* (che diventano, fatto di paurose conseguenze, *parole scritte*): il poliziotto, il giudice. Difficile, dunque, *prendere per la lingua* chiunque. Impossibile *prendere per la lingua* un mafioso.

PIGLIARI O PURTARI SECULASECULORUM. Pigliare o portare saecula saeculorum. Si dice che fu preso «seculaseculorum», o portato via, di chi, resistendo e scalciando, è costretto dalla forza di più persone a lasciare un luogo in cui non è accettato o non può stare o ad entrare in altro in cui non vuole. In origine, forse si intendeva la cattura dei briganti, che venivano legati mani e piedi e così portati al loro destino di morte.

PITAGGIU. Dal francese «potage». Piatto estivo – e di solito si mangia freddo – composto di cipolla, zucca, peperoni, pomodori, patate, aglio (c'è chi aggiunge un po' di sedano o qualche fogliolina di alloro). Tranne la cipolla e l'aglio, che si fanno soffriggere in abbondante olio d'oliva un po' prima, tutti gli altri ortaggi, in pezzetti, vengono versati insieme e si tengono a cuocere per circa mezz'ora. Si può preparare in tegame, aggiungendo poca acqua: e sarebbe qualcosa di simile alla minestra spessa («potage épais») dei francesi; o in padella, aggiungendo peperoncino ma eliminando la zucca.

QUAGLIARI. Cagliare. Del latte che per azione del caglio diviene cremoso e poi solido: ma si dice anche del sonno e della morte. Di un bambino che è stato irrequieto e ha stentato a prender sonno, quando finalmente si addormenta: «quaglià». E così dei vecchi quando serenamente si spengono. Dal mondo pastorale, queste metafore leopardiane del sonno, della morte.

QUANNU LA FURTUNA NUN TI DICI / JETTATI 'NTERRA E CUOGLI BABALUCI. Quando la fortuna non ti parla / gettati a terra e raccogli lumache. Conoscenza, giudizio, intraprendenza, laboriosità: a nulla valgono senza l'aiuto della fortuna. E non ci vuole molto a capire se la fortuna è disposta a parlarci, a confidarci il segreto della buona riuscita, del successo.

QUANTU È LAIDA LA VISTA DI L'UOCCHI. Letteralmente: quanto è brutta la vista degli occhi. Quanto è brutto, cioè, il vedere. Il vedere le belle e buone cose che non si possono avere. Tremenda espressione che viene dalla povertà, dalla miseria; dalla fame che a tal punto fa impazzire chi la soffre da maledire il dono della vista e da invocare la cecità. La sentivo, negli anni della mia infanzia e adolescenza, a giustificazione di appetiti (e di invidie) riguardo al buon cibo e alle belle donne: se non vedessi non desidererei, non farei questo peccato di desiderio; la colpa è dunque degli occhi che vedono; e in definitiva di Dio che mi ha dato il dono della vista. Drammaticamente detta, allora. Oggi soltanto scherzosamente, e di solito al passaggio di una bella donna.

ROBA. LA ROBA. A Racalmuto l'accezione verghiana si è ristretta alla parte per il tutto: «la roba» è soltanto la casa di campagna: poiché i contadini vi stanno a guardia della roba appunto, non per villeggiare e deliziarsene. Ma nella sentenza «la roba cu la fa la stima», chi l'ha fatta ne conosce il valore, persiste il significato più estensivo: la roba è quella di mastro don Gesualdo, di Mazzarò: terre, case, denaro. Ma più, si capisce, la terra. Da ciò il precetto «terra quantu vidi e casa quantu stai», terra da desiderare e da acquistare (potendo) per quanto se ne vede, casa per quanto basta a starci – e magari scomodamente. Il viceré Caracciolo – fine del Settecento – diceva che la Sicilia era la sola regione al mondo in cui il reddito della terra nemmeno in minima parte veniva investito in miglioramenti, ma quasi interamente nell'acquisto di altra terra.

Fino a non molti anni addietro, nella compravendita dei terreni, il valore della casa, per quanto grande e bella fosse, non veniva mai computato: era considerata, la casa, un accessorio della proprietà terriera. Si diceva, ad allettare all'acquisto o nella soddisfazione di avere acquistato, «c'è anche una bella roba»;

oggi si dice che è una bella roba con del terreno intorno.
«Oh di la roba», a voi della casa, è ancora il grido di avvertimento dell'estraneo che a una casa di campagna si avvicina.

SALEMMI. Salemi. Cognome di una famiglia da cui, nella seconda metà dell'Ottocento, un Giuseppe, poeta dialettale. Uno di quei poeti semicolti che intridevano di italiano il siciliano. Di lui restano, nella memoria collettiva, due versi diventati proverbio: «Omu d'ingegnu e di virtuti adornu, / comu Peppi Salemmi 'un c'è a lu munnu» (uomo adorno di ingegno e di virtù / non c'è al mondo che si possa paragonare a Giuseppe Salemi). Si dice di chi sente di sé e si vanta.

SANTA CAMPANA, STUCCATICCI LI VRAZZA A CU VI SONA! Santa campana, spezzategli le braccia a chi vi suona! Invocazione che un tempo, quando tutte le chiese del paese erano in funzione, tra sonno e veglia, ogni domenica mattina, non c'era racalmutese adulto che non se la sentisse affiorare al labbro: tale il frastuono delle campane e la fuga di quel sonno pregustato lungo e quieto la sera avanti, dopo una settimana di sonno corto e di duro lavoro. Nelle prime pagine del *Bell'Antonio* di Brancati è una reazione consimile, ma meno irata e maligna, al mattinale suono della campana: «chi camurrìa, sta campana» («camurrìa» è un fastidio continuato, tenace, invariabile).

SANT'ALÒ. Viene invocato – «oh sant'Alò!» – di fronte all'altrui ingenuità, all'altrui candore. E può darsi si tratti del sant'Alò proverbiato in Toscana per la sua nullaggine (fare come sant'Alò: che lasciò il mondo come lo trovò, che prima morì e poi si ammalò...); ma non è improbabile il riferimento all'aloe, usato dalle mamme ad ungersi i capezzoli quando volevano divezzare i bambini. L'invocazione all'aloe avrebbe così il senso di una esortazione a divezzarsi dalla fiducia negli altri, a crescere in conoscenza e scaltrezza, ad apprendere l'amaro della vita. In quanto all'attributo di santo dato al succo dell'aloe, bisogna tener presente che sono toccate di santità tutte le cose che dànno conoscenza o ristoro, che cadono tempestive e opportune. Santa la bacchetta del padre o del maestro che punisce errori, neghittosità e malefatte; santa una buona mangiata, e una buona bevuta ancora di più; santo l'ozio domenicale; santo, nei giorni estivi, il sonno pomeridiano...

SANTIARI. Bestemmiare. Ma è nella parola un senso di venialità, di leggerezza: come non fosse un vero e proprio bestemmiare, ma un prendersela coi santi più vicini e protettivi quando dalla protezione che debbono ai devoti si distraggono. Bestemmiati, insomma, per troppa confidenza e familiarità. Un profittare della benevolenza, un abuso; non un peccato mortale (e si veda la commedia di Nino Martoglio *San Giovanni decollato*, famosa per l'interpretazione di Musco e poi, nel cinema, di Totò). Tanto che per un più crudo bestemmiare si aggiunge: «comu un diavulu», come un diavolo.

SANTOMU. Letteralmente: sant'uomo. Ma si dice «ci piglià un santomu» (gli pigliò un sant'uomo) di chi sviene o cade in deliquio o è preso da convulsioni epilettiche. Singolare trasposizione: per cui non solo quel che nelle agiografie cattoliche è segno di santità, ma la santità stessa, diventa sinonimo del venir meno, per improvviso malore, della coscienza e dei sensi, del delirio e del mal caduco. Allo stesso modo la parola «'nnestasi» (in estasi) riduce a pura fisicità l'originario senso di evento spirituale: significa stare in bilico, in equilibrio, su un ramo, su una trave, su un cornicione.

SAPIDDRU (ma dai più pronunciato «sopiddru»). Sapi iddru: sa lui. Tra il «non lo so» e il «lo sa Iddio». E «iddru» è forse Lui, che tutto sa. Noi nulla sappiamo.

S'ARRICUGLÌ SASÀ. È tornato a casa Sasà. Indizio certo del ritorno a casa di un Sasà (Rosario) di cui non si ha memoria più precisa, era per i vicini l'accendersi, in casa di Sasà appunto, di un vociante litigare, spesso tempestoso per lanci e rotture di terraglie. E sarà stato, questo Sasà, notevole esemplare di quel non raro tipo d'uomo che viene definito come «sbriu di vaneddra e trivulu di casa», brioso fuori (vaneddra = via), cupo e tribolante in casa. Ma la frase è rimasta proverbiale soprattutto in riferimento ai bambini, quando tornati a casa si scatenano in giochi movimentati e grida.

SA UNNI CI LUCINU L'UOCCHI. Chi sa dove gli luccicano gli occhi. Si dice di una persona di cui momentaneamente non si sa dove risiede o per dove viaggia; ma anche di chi, nello stesso paese, improvvisamente, senza darne avviso, manca agli incontri abituali. Sempre con ironia e qualche volta, quando si sospetta l'assenza dovuta a motivi galanti, con malizia. E specialmente si carica di ironia quando si sa che l'assente non brilla d'intelligenza: poiché l'espressione «ci lucinu l'uocchi», senza la specificazione delle lacrime o dell'allegria, è sempre usata a definire prontezza, avidità di capire, accortezza per ottenere.

SCINNIRI DI LA CRUCI. LU SCINNÌ DI LA CRUCI. Tirare giù dalla croce. Lo tirò giù dalla croce. E per seppellire, per seppellirlo. Si dice a figurare la più distruttiva maldicenza: che fa da sepolcro alla reputazione di una persona. Come una immagine di pietà (Giuseppe d'Arimatea che depone dalla croce Gesù) e un articolo di fede (la Resurrezione) siano contemporaneamente negati e assumano il significato della più nera detrazione, credo sia da ascrivere alla generale refrattarietà dei siciliani ai misteri religiosi, al loro materialismo, e alla particolare, acuta, spregiudicata fino ad essere blasfema, ironia dei racalmutesi. «Ti ringrazio» dice Quasimodo alla madre «dell'ironia che hai messo sul mio labbro, mite come la tua». Io posso ringraziarne un paese intero: di avermi appreso un'ironia tutt'altro che mite.

SICCARI LU CORI. Il disseccarsi – come nell'aridità dell'aria un fiore reciso – del cuore: per un'aspettativa delusa, per un desiderio non soddisfatto. Si dice soprattutto per i bambini: e a rimprovero di coloro che non hanno mantenuto una promessa o li hanno ingannati. Ma anche ai grandi «sicca lu cori», qualche volta. E oggi ai vecchi spesso, più che ai bambini.

SIGNUREDDRI. Le piccole signore. E sono i fantasmi, gli spiriti. Non tutti e non sempre maligni; a volte, anzi, che proteggono, che soccorrono. Ma bisogna accattivarsele, le piccole signore, non mostrando paura: facendo finta di niente quando di notte fanno volare in cucina qualche stoviglia o vengono a spostare qualcosa ai piedi del letto, a scherzare tirando il lenzuolo o nascondendo i vestiti. Tutto sommato, amano, appunto, soltanto scherzare: e se la prendono a male quando qualcuno non sta allo scherzo, si impaurisce, grida, fugge. Ben diversamente agisce, verso coloro che abitano la casa in cui è morto, il fantasma di un ammazzato: implacato, non si decide a lasciarli in pace – digrignìo di denti, gemiti che si alternano a diaboliche risate, picchiar di martelli, scroscio di catene – se non dopo scongiuri, benedizioni e messe in suffragio.

Chi possiede una casa abitata da «signureddri» anche soccorrevoli o, peggio, da fantasmi di morti ammazzati, se la vede deprezzare nel canone d'affitto o nella vendita. Un inquilino sfrattato – se poco scrupoloso – facilmente riesce a gettare sulla casa che lascia la «filama» (la fama, la malafama) delle «signureddri» o d'altri più maligni fantasmi: e la rende inaffittabile, invendibile. La novella di Pirandello che s'intitola *La casa del Granella* racconta dei rischi che per suggestione si corrono a voler abitare una casa toccata dalla «filama».

SI PO' VIVIRI 'NTRE UN BICCHIERI D'ACQUA. Si può bere dentro un bicchiere d'acqua: tanto è chiara, limpida, fresca. Si dice di una bellezza femminile *diversa*: non bruna, non formosa; bionda, piuttosto, e fragile; occhicerulea; di lineamenti perfetti. Ma l'espressione attiene anche al morale: senza inganni, della trasparenza del vetro e dell'acqua. È, nel mondo contadino, la donna da ammirare, da vagheggiare; non da sposare. La donna da sposare è quella che si può paragonare alla cassata: abbondante, dai colori della crema di ricotta e della frutta candita. È la donna dei padroni, insomma, che si può bere in un bicchiere d'acqua: ma in bevute, direbbe Magalotti, visuali.

Ma sull'idea della bellezza, nel mondo contadino che ho conosciuto, si potrebbe fare un lungo discorso. E per esempio: si dice «beddra» di ogni cosa bella (suprema bellezza: la «beddramatri», la bellamadre, la Madonna); ma di una cosa che si mangia ed è gustosa, ed è saporita, si dice «bella». Considerando che un albero carico di frutti è «bieddru» (al maschile la *e* di «beddra» si allarga in *ie*), mentre è «di bellu vidìri» (stranamente, il verbo «vìdiri» diventa «vidìri» e «bieddru» diventa «bellu») un albero ornamentale – bello cioè soltanto a vedersi: e l'espressione viene anche usata per dire di una persona che ha bell'aspetto ma consistenza nessuna – si può anche azzardare l'ipotesi che le parole «bella» e «bellu» servano a designare l'effimero e l'inutile.

Altro ideale di bellezza femminile irraggiungibile (e da non raggiungere) è l'inglese, la donna inglese. «Pari 'na 'nglisa» o «è 'na 'nglisa» si dice di una donna bionda, snella, alta: sembra un'inglese, è un'inglese: anche se per lunga ascendenza racalmutese. «Pari un 'nglisi» invece l'uomo elegante. Evidentemente, in queste espressioni gioca la memoria degli ingegneri minerari inglesi, che arrivarono qui dall'epoca napoleonica in poi, e delle loro donne.

SOPRITU. In ogni altra parte della Sicilia «saporitu», saporito: ma non ha nulla a che fare coi sapori. Si dice di una persona non bella ma che non la si vuol dire brutta, di un'annata non buona ma che non la si può dire cattiva. Graziosa; mediocre. Ma si dice «soprita» anche una battuta di spirito, un'impertinenza. «Quant'è sopritu!», quant'è grazioso: ironicamente, a denti stretti, quando una persona dice scherzosamente di noi una verità non gradita; o quando – che capita spesso – candidamente un bambino dice di un nostro difetto fisico o ci fa notare una contraddizione, un errore, un lapsus in cui siamo caduti.

SPARACOGNA. L'asparago di campo che, non raccolto, si fa sterpo spinoso. Della «sparacogna» si faceva serto ai presepi natalizi, impigliando agli spini lievi batuffoli di cotone, a finzione della neve.
Ad analogia di un amore non solo finito, ma mutatosi in disdegno, una canzone (di quelle appunto dette «di sdegnu») dice: «lu sparaciu si fici sparacogna», quello che era gioioso amore eccolo diventato pungente disprezzo.

SPINA CA NUN TI PUNGI, SUVIA CUOMU LA SITA. Spina che non ti punge, soave come la seta. Che non ci punge, ma che punge altri. È il più feroce precetto di un sistema di vita fondato sul «particulare»: se stessi, la famiglia, una ristretta cerchia di sodali. Nonché intervenire ad alleviarli, i guai degli altri servono a metterci in condizione di godere il fatto di non averne. Anzi: si può anche arrivare a lodare la soavità di quel che altrui punge. Come accade nelle epoche di tirannia: che i più appunto lodano quel che strazia i meno.

SPRANZARI. Poiché «spranza» è la speranza, sembrerebbe «spranzari» l'aver speranza o il darne. Ed è invece il toglierla: ma definitivamente, ma mortalmente. È «spranzatu» chi entra in agonia (e il segno ne è – o ne era – il chiamargli l'estrema unzione, l'olio santo) o chi da sentenza medica è dato come incurabile; ma si è «spranzati» anche da chi nega un favore, un prestito, un dono su cui si contava; dall'avvocato che dà per sicura la sconfitta giudiziaria; dall'uomo di potere cui ci si rivolge per avere un impiego, un posto di lavoro... La voce non esiste nei dizionari siciliani, ma qui è in uso, oggi specialmente, con una frequenza adeguata agli sciami di raccomandazioni che si avventano sugli uomini politici e che solo in minima parte possono essere esaudite.

SPRUNIARI. Letteralmente spronare, dar di sprone, cavalcare spronando: come nella festa grande del paese in cui certe corporazioni facevano cavalcata, e i più giovani continuamente spronavano a che i cavalli si inquietassero, ghiribizzassero, s'impennassero addirittura; e specialmente quando passavano sotto i balconi dell'amata, a farla orgogliosamente trepidare. Soltanto a questa immagine la parola «spruniari» è legata, a significare un andare per la vita allegro, prodigo, imprevidente; ma insinuando il sospetto che chi così va, ad altri, al lavoro altrui, ne debba la facoltà. O all'altrui dabbenaggine. In certi casi, secondo il maggiore disprezzo con cui la parola viene pronunciata, involge senz'altro accusa di sfruttamento, di parassitismo.

SUNARI. Suonare. Il fare all'amore: metafora la più poetica, a richiamo dell'armonia cosmica. All'altro estremo, parola – e forse anch'essa metafora – cruda e devastante: «tignari». Intraducibile nel senso. Richiama la tigna, malattia dei capelli come in italiano («si la mmidia fussi tigna, tutti fussimu tignusi», se l'invidia fosse tigna, tutti saremmo tignosi), e la tignola che rode pelli e panni. Ma oscuramente. È comunque parola che pone il fare all'amore come una malattia, un male. È possibile alluda alla caduta del desiderio, una volta soddisfatto; al *taedium*. O al tignarsi del corpo, come attaccato e roso dalla tignola, nella frequenza del fare all'amore.

SURCIDDRI. Topolini. Così soprannominati quelli di una famiglia oggi estinta e di cui nessuno più ricorda il cognome: o perché piccoli o perché di faccia assorciata. Dei «surciddri» – e qualche volta, al singolare, di uno di loro: «surciddru» – si raccontano comici aneddoti e si citano detti. Erano strana famiglia: padre e tre figli, senza in casa una donna. Una volta ebbero disputa per stabilire chi di loro quattro «tiniva la casa a l'addritta» (teneva la casa impiedi, cioè la reggeva economicamente, la manteneva e amministrava). Non trovavano accordo e perciò decisero di far giudice della questione un notaro. Era d'estate, e di mezzogiorno. Lasciarono il desinare a mezzo e sempre animatamente discutendo marciarono verso la villa del notaro, che era a quattro miglia dal paese. Arrivarono sudati e bolsi, affannosamente rimisero al notaro la questione. E il notaro sentenziò che la loro casa stava impiedi per virtù della pietra e del gesso con cui era stata costruita. Poiché partendo si erano tra loro impegnati a non discutere la sentenza del notaro, né avrebbero mai osato stante la sapienza che gli riconoscevano, se ne tornarono silenziosi e mogi al paese. Da ciò l'ironico detto: «teni la casa a l'addritta», per indicare persona che, al contrario, è rovina della famiglia.

Altro aneddoto, altro detto. Quando «surciddru» padre morì, ed era sul cataletto, intorno i figli e gli amici che lo piangevano, a un certo punto uno dei figli prese un cappone che gli era venuto tra i piedi e, interrompendo il pianto, disse a colui che gli stava vicino: «cumpà, taliati chi spaddri havi stu capuni» (compare, guardate che spalle ha questo cappone). Si dice di chi, in circostanza dolorosa, parla d'altro, divaga.

Un detto piuttosto poetico (e forse perché poetico lo si ricorda sempre col nome, cioè col soprannome, del suo autore) è quello che viene citato quando il tempo è incerto tra nu-

volo e sole, ventoso: «Comu dissi surciddru, stu tiempu affaccia a bannera» (come disse «surciddru», questo tempo si affaccia a bandiera: cioè come una bandiera alla finestra che secondo il vento si svolge o si avvolge, variamente mostrandosi nei suoi colori).
Altra frase celebre, che viene di solito pronunciata, anche se a bassa voce, come gridata da lontano: «Ora pi vu è, e no pi mia» (ora sto parlando per voi, per il vostro bene e non per il mio). Si dice quando, elargito un consiglio, l'altro non mostra di voler seguirlo. Perché i «surciddri» pare fossero sempre in disposizione di dar consigli, dall'alto della loro saggezza: che ritenevano universalmente dimostrata dal fatto che né il padre si era risposato né loro avevano preso moglie.

TI FAZZU ABBALLARI LA GRAN SURDANA. Ti faccio ballare la gran sardana. Cioè la danza che (forse d'origine sarda) i catalani fanno in piazza. Ma la frase viene usata soltanto in senso minaccioso, di solito verso i ragazzi riottosi: promessa di nerbate (il nerbo di bue, intrecciato a spirale, era una volta presente, ammonitoriamente appeso al muro, in ogni casa) da far ballare per il dolore.

TI FAZZU VIDIRI DI CHI ERBA SI FA LA SCUPA. Ti faccio vedere (ti insegno) di che erba si fa la scopa. Frase che minaccia insegnamento a rigar dritto attraverso, direbbe Gino Capponi, «la correzion manuale». Conoscere l'erba di cui si facevano le scope non è peraltro difficile, e perciò la minaccia ha un che di scherzoso e di affettuoso. Le scope si facevano con una specie di saggina chiamata «disa» – tagliente se incautamente ci si aggrappa – di cui sono coperte le colline rocciose.

TINTU. Il Pasqualino dice: «Non a *tinctum*, ex *tingo*, sed a *tentum*, ex *teneo*»: tenuto, detenuto, prigioniero della pigrizia; e dunque pigro, inetto. E «tinturia» pigrezza, lentezza. Ma a

Racalmuto «tintu» e «tinturia» hanno soltanto quel significato che il Pasqualino dà come secondario: «Tintu, aggiunto a cosa, vale di mala qualità, contrario di buono, cattivo». Né quando si dice «tintu cu mori» o «tintu cu cadi» (chi muore, chi cade) si dà alla parola il significato di infelice, sventurato, meschino che il Pasqualino vi intravede; si vuol dire invece, propriamente, che è facile far diventare cattivo chi, per morte o per rovescio di fortuna, non è più in condizione di difendersi. Ogni colpa gli si può attribuire: e così, quando è necessario, avviene.

L'ozio, si sa, è il padre di tutti i vizi; ed è senz'altro possibile lo sia, etimologicamente e di fatto, anche della cattiveria, della perfidia. «Non a *tinctum*, ex *tingo*, sed a *tentum*, ex *teneo*». Eppure l'ipotesi che il tingere partecipi, se non al nascere, allo sviluppo della parola, alla sua deviazione dalla pigrizia alla perfidia, è alquanto suggestiva. E facendo richiamo alla parola spagnola «tinto», che dicesi del vino rosso, e ricordando la lunga e diffusa avversione al rosso dei siciliani (al punto che si fanno proverbialmente due eccezioni alla regola della perfidia dei rossi: Gesù Cristo e la vitella di Sorrento): non è possibile che la parola, portata dagli spagnoli per il vino, sia stata intesa nella più larga accezione del colore rosso e travalicata nel pessimo giudizio che già si faceva degli uomini rossi, dei rossomalpelo; e di ogni uomo, insomma, che avesse la perfidia di cui i rossi portavano il segno?

TRAGIDIATURI. Tragediatore. Che rende il vivere continua tragedia, a sé e agli altri. Ma altrove in Sicilia, e a Palermo specialmente, «tragidiaturi» è chi tiene i familiari in triboli, in angoscia; chi li assilla, li ricatta, li minaccia; chi a minime inosservanze, distrazioni o sprechi reagisce con lunghe prediche o mute violenze. A Racalmuto, invece, il «tragidiaturi» è una specie di «ingegnoso nemico di se stesso»: uno che si arrovella, che si rode di preoccupazione e di apprensione per ogni cosa che i familiari fanno o non fanno, di tutto malcontento – ed anche delle cose buone e belle, di cui diffida e mugugna aspettandosene il rovesciamento, l'inevitabile avvento del contrario. Ragionatore, sofista: ma sempre nella scienza del peggio. S'appartiene al pirandellismo di natura, rigoglioso nella zona. Gli amici e i conoscenti tengono in considerazione di filosofi o di saggi coloro che nel «tragediare» dànno nel sublime; le mogli, le madri, le figlie (la parola è di prevalente uso femminile) li considerano semplicemente e soltanto «tragidiatura»: ma più con compatimento e leggera irrisione che con astio.

TRENTA E DU, VINTUOTTU. Trenta e due, ventotto. Non trenta meno due fa ventotto, ma trenta più due. È l'aritmetica del cuore, della bontà, del sacrificio: per dire che così rassegnatamente si affronta una nuova sventura o una spesa imprevista o una fatica in più, tra le tante che già si sopportavano, che sembra il peso di tutte si alleggerisca invece di più gravare. Dice, insomma, di una abitudine ai colpi della sfortuna e del rafforzarsi nella misura in cui si moltiplicano. Ha, si capisce, tono di dolorosa o spavalda ironia; e, ad accentuarlo, la parola ventotto è pronunciata alla palermitana – «vintuottu», e non «vintottu» com'è nel vernacolo racalmutese.

TUNNU. Tondo, rotondo. («Tunnu» è oggi anche il tonno, mutuazione dall'italiano: ma negli anni della mia infanzia era «tunnina», «la tunnina»; e con riferimento ai massacri delle tonnare, «fari 'na tunnina», fare una tonnina, significava far strage). Ma «tunnu» non soltanto indica rotondità di oggetti, di figure, ma anche compiutezza e perfezione di fatti, di azioni: negativamente sempre. Al femminile – «la fazzu tunna», la faccio tonda – è minaccia di un'azione che porterà danno al prossimo più prossimo (ma implica danno anche per chi la fa: un perire insieme a coloro che molestano, che assillano): danno economico, il più delle volte (il vendere una proprietà che è per la famiglia sicurezza e sostegno); con allusione alla violenza fisica, fino all'omicidio, qualche volta. Quando invece la fa tonda altri, l'espressione «la fici tunna», la fece tonda, assume tono di riprovazione e, insieme, di compianto, di commiserazione.

UNNI MAGGIURI C'È MINURI CESSA / DISSI LU PUDDRICINU NNI LA NASSA. Dove c'è il maggiore (interesse, diritto, potere) cessa il minore / disse il pulcino dentro la nassa.
Nassa è parola anche italiana nel più proprio significato di arnese per pigliar pesci: una specie di paniere intessuto di giunco, con un'apertura fatta in modo che il pesce non può più uscirne, una volta entrato. Ma qui è la gabbia in cui si tengono i polli, di solito fatta di canne o di listarelle di legno.
L'uso del distico è quasi sempre ironico, a condannare scherzosamente il comportamento di chi, anche momentaneamente, lascia i soliti amici per accompagnarsi a persona che ha un certo potere o una certa fama.

UNNI VA LU SCECCU VA LA CUDA. Dove va l'asino va la sua coda. Si dice di due che vanno sempre assieme: ma l'uno (l'asino) maggiore dell'altro (la coda) per età, senno o beni.

UOCCHIU DI CRAPA. Occhio di capra. Si dice del sole quando, al tramonto, è tagliato obliquamente da strisce di nuvole: per cui appare come una pupilla che guarda strabicamente. Si ritiene indizio di pioggia, per l'indomani alla stessa ora.

UOCCHIU FICI LU PICURARU. Letteralmente: occhio fece il pecoraro. Ma è una di quelle frasi, di quei modi di dire, che per abbreviazione e contrazione finiscono con lo stravolgersi e oscurarsi. Il senso della frase è questo: il cielo fece occhio – comparve, cioè, tra le nuvole come un occhio di azzurro – e perciò il pastore può fidarsi a portare al pascolo le pecore, ché non riprenderà a piovere. Si dice a esortazione di chi, dopo un temporale, è titubante a mettersi in cammino; e anche di chi, andatagli a male un'impresa, non sa decidersi a ritentarla in un tempo più propizio.

VALENZA. Valencia. Venivano da Valencia, o al modo di Valencia erano fatte, le mattonelle di ceramica che ancora nella mia infanzia pavimentavano le stanze e le cucine specialmente: bianche e azzurre, di gelido splendore. Delle cucine rivestivano anche, ad altezza d'uomo, le pareti. Tra il 1920 e il 1930 furono, quasi in ogni casa, sostituite da mattonelle in cemento dai colori tardo-liberty e déco; colori che, anche se vivaci prima della cottura, si appannavano e smorivano nella greve opacità del cemento. Quest'altro tipo di mattonelle si faceva a Termini Imerese; e la richiesta era tanta, a Racalmuto, che una famiglia termitana venne ad impiantarvi una fabbrichetta. Nessuno della mia età ne ricorda il cognome, poiché il nome di ciascuno di loro era sempre accompagnato, a modo di cognome, dalla specificazione di «palermitanu». Anche se di Termini, il loro vernacolo era quello di Palermo: parlata che i racalmutesi considerano volgare e sguaiata, in corrispondenza alla volgarità, sguaiataggine e altro di peggio della città capitale.

Proprio negli anni in cui dalle case venivano eliminate le mattonelle dette di Valenza («maduna di Valenza») che oggi fanno antiquariato, il nome della città spagnola trovava auge con la famosa canzone, ma qui parodiata nel genere delle canzoni «di sdegnu». Ne ricordo l'attacco: «Valenza, / cu ti vidi, cu ti penza: / quattru sordi di simenza» (Valenza, / chi ti vede, chi ti pensa: / quattro soldi di semenza). Nell'immaginazione del parodiante, Valenza era una donna lasciata, un amore finito: e il ricordo non valeva più di quattro soldi di semi salati. Tema di vasto rameggiare, nella poesia popolare, questo degli amori dati per finiti e che invece prepotentemente son vivi: e ha trovato impareggiabile sublimazione nella poesia di Salvatore Di Giacomo, nella lirica che s'intitola *D'o quarto piano* particolarmente.

VICIU CROZZA. «Viciu» abbrevia il nome Vincenzo; «Crozza» è il teschio, ma qui fa da cognome al nome. Vincenzo Teschio, dunque: ed è la Morte. Non la Morte che viene per prendere, ma quella che appare per ammonire. «Cu nun dunìa li venniri di marzu / ci agghiorna Viciu Crozza a lu capizzu» (chi non digiuna nei venerdì di marzo / si troverà al mattino con la morte al capezzale): ed è da notare la parola «dunìa», in cui nel vernacolo racalmutese si è corrotta l'altra, «diuna», coesistente e in Sicilia più diffusa: sicché indifferentemente si dice «duniari» e «diunari». In quanto a Viciu Crozza, è probabile che le due parole abbiano trovato legame in qualche immagine di san Vincenzo con accanto un teschio; a meno che non ci sia stato nel paese, in anni lontanissimi, un «Viciu» soprannominato «Crozza» per la consunzione del volto: al punto da spaventare – e specialmente i bambini, ai quali il distico ammonitore si usava recitare – come *imago mortis.*

VIEGNU DI LU MUORTU, E MI DICI CH'È VIVU. Vengo dal morto (vengo dal vederlo morto), e tu mi dici che è vivo. Frase che frequentemente ricorre nello spettegolare, nei discorsi maldicenti: e la dice chi, del fatto di cui si parla, presume di avere le informazioni più recenti e sicure. Ma i fatti sono così mutevoli, così numerose e diverse le verità che se ne assumono, che ciascuno ne assume, che solitamente è appunto chi presume di essere il meglio informato che lo è di meno.

ZÀBARA E ZABÀRA. Per dire che una cosa, una convinzione, un'argomentazione vale l'altra apparentemente contraria. La zabàra è un cactus di fierissime spine, come un enorme carciofo, aperte le foglie esterne, chiuso e acuminato il grumolo. Lo si coltivava a far confine lungo le strade ed anche – mondato delle spine e macerato – per usarlo in luogo di sapone nel lavaggio della biancheria.

ZE, ZI. Zia, zio. Forte la zeta, quasi doppia. Ma «ze» e «zi» se precedono il nome: «ze Cuncittina», «zi Peppi». Dicendo invece mia zia o mio zio, senza il nome: «ma zia», «ma ziu».

Le zie non molto amate, considerate terribili quando alla madre cognate e in vicario o pieno ruolo di suocere. Ma degli zii, anche se non propriamente zii e soltanto – per età, senno e potere – assunti come consiglieri e protettori vicini o come protettori e guide lontane e ideali, si faceva apoteosi: lo zio prete, lo zio carabiniere, lo zio «'ntisu» (inteso, obbedito: mafioso di fatti o di atteggiamenti), lo zio Garibaldi, lo zio Stalin («zi Peppi», Giuseppe, entrambi). Lo zio se stessi, a volte: «ascunta lu ziu», «lassati cunsigliari di lu ziu», e cioè ascoltami, lasciati consigliare da me. In questa funzione – nell'elargire consigli che soltanto l'esperienza e la benevolenza di uno zio può saper dare – il consigliere spesso si autodenomina «zizì»: come lo si apprende ai bambini che cominciano a parlare e a segnare la distanza, di anni e di conoscenza, tra il consigliere e il consigliato.

La mia infanzia è stata tutta un rondò di zie e zii. Di parentela e di amicizia. Personaggi indimenticabili; e pochi credo di averne dimenticati, scrivendo. Col loro nome o dandogliene un altro. Ma la memoria, che con gli anni si fa lunga ed aguzza a cogliere le cose lontane, oggi me ne fa riapparire due di cui mi pare di non avere mai scritto: «lu zi Nardu» e «la ze Cuncittina».

«Lu zi Nardu» (Leonardo), le cui visite erano temute da tutta la parentela perché tutto criticava e disapprovava, su tutto lungamente e acidamente filosofeggiava, aveva fatto in gioventù il calzolaio, ma si era poi dato a fare il mediatore: mestiere che gli dava precario guadagno, ma lungo e felice ozio. Leggeva moltissimo; e a memoria sapeva, e andava recitando, quasi tutte le poesie dell'abate Meli. La sua filosofia, di cui faceva a tutti gli sfaccendati del paese peripatetica scuola, stava, approssimativamente, tra la stoica e l'epicurea. Ma con un forte sofismo di fondo (e si potrebbe anche dire di pirandellismo *avant la lettre*). Le convenzioni e le apparenze, le cose fatte per regole inveterate o per decoro, erano le sue bestie nere. E l'indifferenza – «la divina indifferenza» – il suo bene. A darne dimostrazione pratica, mangiava la pasta dopo il secondo e i corvi, che nessuno mangiava, se li cucinava e mangiava sostenendo che erano gustosi quanto i colombi. Di nessun male fisico si lamentava mai; e il non avere denaro era lo stesso che averne: un po' di verdura selvatica (comprese le ortiche che nessuno allora mangiava: e in ciò è stato un precursore) era per lui piatto gustoso quanto il castrato alla brace. Riteneva che ogni uomo avesse il dovere di sottrarsi al lavoro: il limite era dato soltanto dall'impossibilità di sopravvivere. Si capisce che discepoli non gli mancavano: tra i figli di famiglia, e con disperazione delle relative famiglie. Fino a qualche anno fa ne incontravo, vecchissimo, qualcuno: a sentire il mio nome ricordavano quello del maestro, muovevano verso l'alto la mano a dirmene le eccelse qualità, l'inarrivabile sapienza. Persone che erano riuscite a far nulla – a parte qualche figlio – per intera una vita.

La zia Concettina, che ci era doppiamente (ma non so quanto lontanamente) zia per avere sposato, lei Sciascia, un Martorelli parente di mia madre, forse per questo doppio legame la frequentavamo più di altri parenti. Andavamo di tanto in tanto a trovarla, perché lei soltanto usciva per fare visite di lutto a parenti o amici. E ci andavamo volentieri anche noi bambini perché ogni volta, da un canestro sempre pieno, ci offriva ciambelle più grandi e più soffici di quelle che in casa nostra si usava fare. Ma io ero anche attratto dal personaggio. Alta, sempre vestita di nero, funerea e catastrofica, inesauribile parlatrice: e sapeva tutto, nonostante stesse sempre in casa, di quel che accadeva nel paese. Più tardi, una battuta di Chesterton su Jane Austen mi ha fatto immediatamente pensare a lei; e così ogni volta che mi riaffiora. «Stette al riparo dalle cose della vita, ma poche cose della vita stettero al riparo da lei». Vedova, viveva con una sorella monaca di casa: un'ombra, accanto a lei; e pareva non sapesse fare altro che le ciambelle. Ma la vedovanza della zia Concettina, che sarebbe stata, come tutte le vedovanze, felice, aveva dato luogo ad una situazione che l'affliggeva e di cui continuamente faceva doglianza. Timidissima, ombrosa, le rare volte che usciva insoggolata nella mantellina che soltanto le si vedevano il naso e gli occhi, la zia Concettina si era rifiutata al matrimonio civile perché del sindaco e degli impiegati del municipio «s'affruntava», si vergognava. Si era sposata soltanto in chiesa: e nella separazione di allora tra Stato e Chiesa il matrimonio religioso nulla valeva agli effetti civili. Perciò, ad ogni figlio che nasceva, il marito era costretto a svolgere pratica di legittimazione. Ma l'ultimo figlio le nacque che il marito era morto uno o due mesi prima: ed ebbe dunque, di padre ignoto, il cognome materno. E questo giusto contrappasso ai suoi eccessivi pudori divenne – appena il bambino cominciò ad andare a scuola – l'ossessione della zia Concettina: finché, per suo lampo di genio o per consiglio altrui, non riuscì a fare adottare il figlio, già adulto, da uno che aveva lo stesso cognome del marito.

I NOMI VEZZEGGIATI (ad esemplificazione, anche, di quelli che s'incontrano nell'opera di Pirandello, e specialmente nelle *Novelle per un anno*).

Bebè	=	Benedetto
Cacà	=	Carmelo
Cecè	=	Cesare
Ciccì	=	Francesco
Cocò	=	Nicola, Nicolò
Dedè	=	Diego, Adele
Dodò	=	Dora, Dorotea
Fefè	=	Ferdinando
Fifì	=	Felice, Filomena
Fofò	=	Alfonso
Gegè	=	Genoveffa, Eugenio
Gigì	=	Luigi, Egidio
Giugiù	=	Gerlando, Giovanni
Lillì	=	Calogero
Lollò	=	Calogero
Lulù	=	Luigi
Mimì	=	Domenico, Girolamo
Nanà	=	Leonardo, Ferdinando
Nenè	=	Emanuele, Nicolò
Ninì	=	Antonino
Nonò	=	Onofrio

Nunù	=	Eleonora
Pepè	=	Giuseppe
Popò	=	Leopoldo
Rirì	=	Edoardo
Rorò	=	Rosa, Rosalia
Rurù	=	Rosalia
Sasà	=	Rosario, Santo, Serafino
Sisì	=	Isidoro
Stestè	=	Stefano
Tatà	=	Gaetano, Gaetana
Titì	=	Concetta
Totò	=	Salvatore, Antonio
Vevè	=	Venere, Venerina, Veronica
Vivì	=	Vincenzo, Vincenza

DUE INDOVINELLI. Tra i tanti che si proponevano nei giorni di carnevale, stando intorno al braciere o a fine cena, due particolarmente me ne restano nella memoria:

> Bianca campagna, niura simenza,
> l'omu chi la fa sempri la penza.

Bianca campagna, nera semenza, / l'uomo che la fa sempre la pensa. Prima di farla; e anche dopo. Ed è la scrittura.

> Cu lu fa lu vinni,
> cu l'accatta 'un l'usa,
> cu l'usa 'un lu vidi.

Chi lo fa lo vende, / chi lo compra non l'usa, / chi l'usa non lo vede. Ed è il tabuto, la cassa da morto. Proposto di solito quando si è al culmine dell'allegria, questo «dubbio» (così è chiamato l'indovinello) non la spegne, l'alimenta piuttosto con lo scherzoso ricorrere ad amuleti e scongiuri.

UN CANTO. Sono molti i canti di Racalmuto, e di tutta la provincia di Agrigento, che non sono mai stati registrati, che non si trovano nelle raccolte del Vigo, del Pitré, del Salomone-Marino. Canti di contadini, di zolfatari, di salinari, di «gessari». E le filastrocche infantili, e i brevi canti (versi sonnolentemente ripetuti) che le mamme cantavano «annacando» i bambini (da «naca», amaca). Ne ricordiamo uno, forse il più bello, forse nella nostra memoria il più vivo. Lo cantavano i bambini, muovendosi in girotondo, nelle primaverili sere di luna, quando la luna era alta nel cielo sereno:

> Luna luniddra
> lu pani a feddra a feddra
> scocca di gigliu
> 'mmaculateddra.

E può essere così tradotto:

> Luna, piccola luna:
> come una fetta di pane,
> come un mazzo di gigli;
> piccola, immacolata luna.

NOTA

Uno dei più insopportabili vezzi dell'amorfa borghesia siciliana a mostrarsi di origine non plebea e comunque lontana dal parlar popolare, è quello di dirsi incapace di pronunciare il doppio *d*: dalla cui esatta pronuncia il siciliano indubitabilmente si riconosce così come è leggenda si riconoscessero i francesi, nelle giornate del Vespro, dal non saper pronunciare il «ci». Questo vezzo ha trovato alimento nel «ddu» dei vocabolari siciliani e nelle rappresentazioni della *Cavalleria rusticana*, dramma e melodramma: quasi che il «ddu» («Hanno ammazzato compare Turiddu!») gridato da attrici e cantanti famose fosse una italianizzante finezza e non una remora della glottide.

Il gesuita Michele Del Bono, che nel 1751 pubblicò un *Dizionario siciliano-italiano-latino*, avvertiva: «Qualora la voce, posta a principio di verso, entro a questi due segni [ ] vedesi rinchiusa, come [Beddu], [Moddu], denota allora, che le due lettere *dd* formino un suono di pronuncia proprio, e peculiare de' siciliani ... Ora per bene ortografizzare, e distinguere le voci aventi le due lettere *dd* del suono proprio di Sicilia dalle altre del comun suono, usarono i nostri Maggiori di tagliarle nel mezzo. Ma al nostro stampatore mancando cotali *d* tagliati, ci siam valuti del suddetto contrassegno...». E poiché le *d* tagliate mancano certamente anche allo stampatore nostro, a riprovazione di quei siciliani che fingono di non saper pronunciare quel suono, e a suggerimento ad attori e cantanti di apprenderlo (e non soltanto per la *Cavalleria*), ecco il nostro «ddru», che vuole essere segno di una pronuncia un po' più dura che in «druso» e in «drudo», ma comunque va meglio che «ddu» se pronunciato come in «drudo» e come in «druso».

APPENDICE*

Sei anni fa, in campagna, guardando il sole che tramontava dietro nuvole che sembravano tratti di penna – un po' spento, un po' strabico, come ingabbiato – qualcuno disse: «Occhio di capra: domani piove». Non lo sentivo dire da molti anni. Annotai l'espressione su un foglietto; e così ogni volta – da allora – che ne sentivo o ne ritrovavo nella memoria altre di uguale originalità e lontananza. Foglietto su foglietto, le «voci» hanno fatto libro: esile quanto è (e quanto si vuole), ma per me «importante». Da un certo punto di vista lo si può magari considerare, come ora si dice in accademia, un lavoro «scientifico»: per me lo è, ma di quella «scienza certa» che è l'amore al luogo in cui si è nati, alle persone, alle cose, alle parole di cui la nostra vita, nell'infanzia e nell'adolescenza, si è intrisa.

* Viene qui riproposto il brano scritto da Leonardo Sciascia per il risvolto di copertina di *Kermesse* (Sellerio, Palermo, 1982).

PICCOLA BIBLIOTECA ADELPHI

ULTIMI VOLUMI PUBBLICATI:

440. François René de Chateaubriand, *Di Buonaparte e dei Borboni*, a cura di C. Garboli
441. Alberto Arbasino, *Le Muse a Los Angeles*
442. Eduard von Keyserling, *Afa* (2ª ediz.)
443. Salustio, *Sugli dèi e il mondo* (2ª ediz.)
444. Bruno Barilli, *Il Paese del melodramma*
445. Georges Bataille, *Il limite dell'utile*
446. Tim Parks, *Adulterio* (2ª ediz.)
447. Ivan il Terribile, *Un buon governo nel regno*
448. Albert Ehrenstein, *Tubutsch*
449. Vladimir Dimitrijević, *La vita è un pallone rotondo* (3ª ediz.)
450. Richard P. Feynman, *Sei pezzi facili* (5ª ediz.)
451. Guido Ceronetti, *La carta è stanca*
452. Guido Rossi, *Il ratto delle sabine* (2ª ediz.)
453. Nina Berberova, *Il quaderno nero*
454. Tommaso Landolfi, *Ottavio di Saint-Vincent*
455. Alfred Polgar, *Manuale del critico*
456. Jamaica Kincaid, *Un posto piccolo*
457. Arthur Schopenhauer, *L'arte di trattare le donne* (7ª ediz.)
458. Alberto Savinio, *Tragedia dell'infanzia*
459. Nicolás Gómez Dávila, *In margine a un testo implicito* (2ª ediz.)
460. Sergio Quinzio, *Religione e futuro*
461. Alan Bennett, *Nudi e crudi* (19ª ediz.)
462. D.H. Lawrence, *La donna che fuggì a cavallo*
463. Lord Chesterfield, *Lettere al figlio* (2ª ediz.)
464. Martin Heidegger, *Che cos'è metafisica?* (2ª ediz.)
465. Plutarco, *Del mangiare carne*
466. Tommaso Landolfi, *La spada*
467. Hans Bellmer, *Anatomia dell'immagine*
468. René Guénon, *L'esoterismo di Dante* (2ª ediz.)
469. Jorge Luis Borges, *Nove saggi danteschi* (2ª ediz.)
470. Pierre-Jean Jouve, *Il Don Giovanni di Mozart*
471. Luciano Canfora, *Convertire Casaubon*
472. Adalbert Stifter, *Due sorelle*
473. Ferdinando Tartaglia, *Tesi per la fine del problema di Dio*
474. Ennio Flaiano, *Diario degli errori* (3ª ediz.)
475. Giulio Cattaneo, *L'uomo della novità*
476. Alan Bennett, *La cerimonia del massaggio* (8ª ediz.)

477. V.S. Naipaul, *Leggere e scrivere*
478. Aldo Buzzi, *L'uovo alla kok* (5ª ediz.)
479. Arthur Schopenhauer, *Il primato della volontà* (2ª ediz.)
480. Johannes Urzidil, *Di qui passa Kafka*
481. James Hillman, *L'anima del mondo e il pensiero del cuore* (2ª ediz.)
482. Charles Simic, *Hotel Insonnia*
483. Ernst Weiss, *Jarmila*
484. Czesław Miłosz, *Il cagnolino lungo la strada*
485. Elémire Zolla, *Discesa all'Ade e resurrezione*
486. Evelyn Waugh, *Compassione*
487. Carl Schmitt, *Terra e mare* (2ª ediz.)
488. Benedetto Croce, *Dal libro dei pensieri*
489. Tim Judah, *Guerra al buio*
490. Leonardo Sciascia, *I pugnalatori*
491. Alan Bennett, *La signora nel furgone* (3ª ediz.)
492. Gershom Scholem, *I segreti della creazione*
493. Ennio Flaiano, *Autobiografia del Blu di Prussia*
494. Gerald Durrell, *Io e i lemuri*
495. Arthur Schopenhauer, *L'arte di conoscere se stessi* (3ª ediz.)
496. Sholem Aleykhem, *Un consiglio avveduto*
497. W. Somerset Maugham, *Pioggia*
498. Martin Heidegger, *Il nichilismo europeo*
499. William Faulkner, *Privacy*
500. Roberto Calasso, *Cento lettere a uno sconosciuto* (2ª ediz.)
501. Claude Debussy, *Il signor Croche antidilettante*
502. Leonardo Sciascia, *L'adorabile Stendhal*
503. Tommaso Landolfi, *Se non la realtà*
504. *La trappola della giumenta*, a cura di Wendy Doniger
505. Sholem Aleykhem, *Cantico dei Cantici*
506. Inoue Yasushi, *Il fucile da caccia* (2ª ediz.)
507. Ennio Flaiano, *Le ombre bianche*
508. Tim Judah, *Saddam e le Sugababes*
509. Stefan Zweig, *Amok*
510. Constantinos Kavafis, *Un'ombra fuggitiva di piacere*
511. Franz Kafka, *Aforismi di Zürau*

Stampato nel giugno 2004
dal Consorzio Artigiano «L.V.G.» - Azzate

Piccola Biblioteca Adelphi
Periodico mensile: N. 250/1990
Registr. Trib. di Milano N. 180 per l'anno 1973
Direttore responsabile: Roberto Calasso